随筆

ふるさと探訪

黒瀬長生

創風社出版

はじめに

　随筆は、日常茶飯事の見聞や経験、感想などを気の向くままに綴った文章だと言われています。しかし、単に日頃の出来事を表面的になぞっただけでは物足りません。いかに物事の実相に迫り情緒情感を盛り込むかどうかでございます。そこに随筆の難しさがあります。そのため、物事を多面的に捉え、上から眺め下から眺め、横から眺め斜めから眺めて描写することが求められます。

　また、題材選びにも苦労します。平凡な日常生活の中から、これはと納得できる題材に巡り合うと嬉しくなって筆も進みますが、そんな機会はそうそうございません。私も随筆を書き始めて二十年になります。まだまだ満足できる状況ではございませんが、来し方の反省も含め、ここに拙著を上梓《じょうし》いたしました。

　お読みいただいた皆様方の心に少しでも響けばと願っています。あわせて、叱責や激励ご指導をいただければ幸いでございます。

著者

随筆　ふるさと探訪　目次

I

美味しい空気

先日、東京吉祥寺の聘珍楼《へいちんろう》で文筆家の会議があった。久しぶりにお目にかかる全国の仲間と楽しく談笑し有意義な会であった。この会議出席と観光のため二泊三日で女房と東京に出掛けた。

一日目は会議であったが、二日目ははとバスで横浜観光をした。横浜港や山下公園、赤レンガ倉庫街、横浜中華街を散策した。三日目は、特別予定がなかったので電車を使い中央線千駄ケ谷駅に降りた。新装なった新国立競技場を見物するためである。駅前から三百メートルほど歩くと競技場が見えてきた。もちろん内部を見学することはできなかったが、外観は異様に巨大で、まさに見上げる感じであった。

あまりの大きさに驚き、タクシーに乗って競技場を一周したが、ここが半年先のオリンピックの晴れの舞台になるのかと感慨深いものがあった。その後、赤坂御所を横目に青山通りをＪＲ渋谷駅まで進んだ。銅像・忠犬ハチ公が迎えてくれたが、渋谷駅前のスクランブル交差点を見るためである。

交差点は、信号が変わるたびにおびただしい数の人々が移動する。それもお互いぶつかることなくマスゲームのように規則正しく交差する。だれしも訓練しているわけではないのに見事なものである。また、いったいこれほどの人がどこから沸いてくるのであろうかと不思議でならなかった。あわせて、駅前周辺に何棟もの高層ビルが林立しているのにも驚かされた。


旅行期間中宿泊したのはＪＲ品川駅前のホテルであった。部屋は二十三階の角部屋であった。夜景はビル群の明かりや無数のネオンが輝き、その美しさに見とれてしまった。また、昼間は、はるかに雪をかぶった富士山が見え、羽田空港や東京湾を望むことができた。眼下には電車が引っ切りなしに行き交い、まさに大都会の高層ビルの眺望を堪能した。

しかし、田舎者にとってホテルはなんとなく息苦しかった。それはベランダがなく、大きな窓はあるが、開閉不能で外気を自由に取り入れることができなかったからである。室内はあくまで空調設備を通しての空気である。除湿器も使ったが、それでも息苦しかった。

ことに二日目の夜は厳しかった。やや息苦しさを感じたが、ベッドに横になると疲れていたのであろう、そのまま眠りについた。ところが朝四時ころであった。息苦しさで目が醒めた。空調を調整したが効果はなかった。そのうち部屋の閉塞感に耐えられなくなった。このままでは我慢できないと、部屋を出て玄関口まで降りて行った。あたりはまだ薄暗かったが、思いきり深呼吸をした。そのとき、偶然にも隣で同じように深呼吸している人がいた。声をかけると、岩手県から来たが外の空気が吸いたくなって抜け出したと言った。私と同じような気分になった田舎者がいたのである。しばらくその場にたたずむと少し落ち着いてきたので、また部屋に戻りベッドにもぐり込んだ。

大都会東京から帰った翌日、自宅の近くを散歩した。天神さんの松林を通って海岸に出た。瀬戸内の海原である。海を渡る風は心地よい。それよりも何よりも空気がことのほか美味しいと感じた。東京の空気とは大違いである。深呼吸を何度もした。大きな口を開けて全身で吸った。空気が美味しい。美味しい。今までこれほど空気が美味しいと感じたことはなかった。

こうしてみると、私はまぎれもなく田舎者である。この田舎の空気を体質が求めているのである。いつも何げなく吸っている空気は、これほど美味しいものだと思い知らされた。田舎の空気に心底感謝である。

製薬会社のテレビコマーシャルで、私たちが一日に吸う空気の量は、ペットボトルで二万本だという。その真偽のほどは定かでないが、大手製薬会社の発表なので満更《まんざら》ではないであろう。たしかに、私たちは一分間に十回ほど呼吸をする。それも眠っている夜間も途切れなく繰り返しているのだから、二万本と言われても納得させられる数値である。

この空気が美味しいかどうかは大問題である。田舎に帰って吸った空気の美味しさに感心したのだから、都会の空気は美味しくなかったのであろう。

空気は、無色透明で酸素や窒素にアルゴン、二酸化炭素、水素、ヘリウムなどを微量に含んでいると言われているが、大都会の空気は自然界によって正常に浄化されることなく、少しは汚れたままでも仕方がないのであろう。田舎は人口や車の数、工場の排気ガスなど大気を汚染する原因が都会とは比較にならない。この環境こそが美味しい空気を守り続けているのだろう。田舎の空気は美味しい。本当に美味しい。

行列のできる店

本場の尾道ラーメンを食べたくなり高速道路しまなみ海道を走った。今治市の自宅から一時間半ほどで尾道市に着いた。目的のラーメン店があるわけではない。まさに行きあたりばったりである。

市街地を車で見て回った。尾道ラーメンの赤いのれんを掲げた店が何軒もあった。そのうち二軒の店舗には長い行列ができていたが、昼食の時間帯なので止むを得ないのかもしれないと思った。それではと、時間調整のため千光寺に詣でることにした。

ロープウエイを利用すると三分で山頂に着いた。展望台から眺める尾道の市街地は箱庭のようである。急斜面の山肌に小さな家々が軒を連ね、黒瓦の大きな屋根の建物はいずれも寺院である。狭い山麓の平地にはＪＲ山陽本線と国道二号線が走る。瀬戸内の入り組んだ狭い海峡の向こうには島々が重なり、しまなみ海道の新尾道大橋は異様な大きさで、橋脚は高く白く輝いていた。

山頂から少し下ると古刹千光寺で、そこまでの急な山道は、大きな自然石に俳句や短歌、名言などを刻んだ『文学のこみち』である。それは正岡子規、松尾芭蕉、志賀直哉、頼山陽、林芙美子、金田一京助など有名な文人の物であった。

千光寺に参り、その後は石段の小道を下った。途中に志賀直哉と中村憲吉の旧居があり、下ること二十分でロープウエイ乗り場にたどり着いた。


石段に異常な神経を使ったので足は疲れ、喫茶店で一休みしたかったが、とりあえず昼食の尾道ラーメンを食べることにした。商店街を進むと恰好の喫茶店や尾道ラーメン店があった。しかし、先に見かけた客が行列していた店を目指した。

時計は二時を過ぎていた。これなら行列もなくなっているだろうと思ったが、まだ十五名の先客が並んでいた。一瞬どうしようかと迷ったが、これほど客が並ぶのならば相当美味しい店であろうと列の最後尾に付いた。

ラーメン店の外観は小さく古めかしく時代がかっていた。間口は一間半、奥行き四間ほどの二階建てで一階が店舗である。列に並んでいる方々は、いずれも観光客のようで地元の方は一人もいない。だれも待つことに不満を口にする者はいない。待つのが当然だとの雰囲気で、みんなスマホ片手に時間をつぶしていた。四十分ほど待つとやっと私たちの順番になり店内に入った。Ｌ字形のカウンター席は十人で満席である。七十過ぎのご主人が黙々とメンを茹で、中年のご婦人が忙しそうに後片付けをしながら接客をしていた。

十分ほど待つと一杯のラーメンが運ばれてきた。汁は茶色の醤油味で濃い。チャーシュが二枚と支那竹が三片、それに背脂と刻みネギが載っていた。今まで何度か尾道ラーメンを食べているが、どんぶりに盛られた状態はことさら変わったところはなかった。

スープをすすりメンを食べた。しかし、特別美味いとは思わなかった。むしろあれほど待ったのにこの程度の味ならば、他のラーメン店でも良かったのではないかとさえ思った。ついつい行列にだまされた感じで少し腹が立った。

それは私だけではないようである。なぜなら私が席に着いてから六人がラーメンを食べ終えたが、スープをすべて飲み干した方は一人もいなかった。いずれもどんぶりに半分ほど残したままである。また、「美味しかった」の一言はだれからもなかった。

私は、インスタントの尾道ラーメンの方が口に合うと思ったくらいである。それを察して女房は、「こんなものでないの、お父さんは期待し過ぎでは……」と言った。

なぜ、この店に観光客が長蛇の列を作るのだろうかと不思議でならなかった。それぞれの味覚は違うので、これで美味いと満足する方もいるかも知れないが、ことによるとネットの情報が過剰に一人歩きしているのではないだろうか。

口直しに、コーヒーを飲みたくなった。先に商店街で見かけた古風な喫茶店に行こうかと迷ったが、尾道駅まで散策すると駅前で適当な喫茶店をみつけた。焦げ茶色で統一した店構えは、何となく先の喫茶店に似ていた。

店内は落ち着いた雰囲気である。席に着くとほどなく白い分厚いカップに入ったコーヒーが運ばれてきた。ほのかな香りが一面に漂った。

私は一口飲んで、「これは美味しい」と思わずつぶやいた。女房も同様の感想であった。近ごろ飲んだコーヒーで一番美味しかった。上品な香りとほどよい苦み、これこそ究極のコーヒーかも知れないと思うくらいであった。ラーメンにはやや失望したが、このコーヒーには大満足で尾道を後にした。

帰宅して、尾道の観光グルメ雑誌を見て驚いた。先のラーメン店が行列のできる店として写真付きで大きく掲載されていた。お客はこの記事に振り回されているのではないだろうか。私は偶然立ち寄ったが、もし事前にこの雑誌を見ていたら、私もこの店を目指していたであろう。

味覚は人それぞれである。私は、期待したラーメンに満足できなかったが、コーヒーは大満足であった。ちなみに、その喫茶店はグルメ雑誌には載っていないが、店の名前は『尾道浪漫珈琲』福屋尾道店で、商店街の古風な喫茶店の支店であった。

ＪＲ四国

自宅近くの小さなスーパーが閉店した。誰もが驚いた。噂では、顧客の減少で経営的に成り立たなくなったとのことである。それにしても残念でならない。このスーパーがなくなると日常の買い物は二キロほど離れた大型のスーパーまで、車を使わなければならなくなってしまう。

私たちが引っ越してきた四十年前は、近くに四軒のスーパーが林立し買い物には便利な所であった。ところがそのスーパーも次々閉店し、今回のスーパーが最後に生き残り十年ほど単独で営業していたのである。

このスーパーも、よそ目には結構顧客が出入りし、繁盛しているように思われたが、現実は厳しい経営を強いられていたのである。近隣住民の減少とコンビニの進出が、大きな痛手であったのかもしれない。その影響は、スーパーだけではなく、近くにあったタバコ屋も酒店も文具店も同じように閉店してしまった。

誰もがスーパーの閉店は不便になったと言うが、本心だろうか。わが家でもこのスーパーを利用していたのは毎月、数回程度であった。近ごろはついつい近郊のスーパーを利用し、このスーパーには足が遠のいていた。しかし、いざシャッターの降りた店舗を見ると、もう少し利用すればよかったのにと反省するが後の祭りである。それは住民すべてが同じ気持ちになっているのではないだろうか。スーパーがあるのが当然と思い込んでいたが、それも、住民の利用があってのことである。本当に残念なことである。


そんなことを考えているときであった。新聞記事に、『JR四国17区間赤字、廃線論議の可能性』とあった。

記事の内容に目を通すと、四国管内の全九路線十八区間のうち、瀬戸大橋線を除く十七区間が赤字だとの路線別収支を報じていた。路線別収支で、赤字額が大きい路線は土讃線の高知から琴平間の十七億円のようである。

あわせて、一〇〇円の収入を上げるために必要な費用を示す『経営係数』も公表されていた。数値が大きいほど採算が悪く一〇〇を超えると赤字を意味する数値である。予土線の北宇和島（愛媛県）から若井（高知県）間の一、一五九が最も高く、四区間で三〇〇を超し、ＪＲ四国全体では一四四だという。

現在は、人口の減少と高速道路網の発達で乗降客数はピーク時の半分以下となり、今後も厳しい状況が続くため、一昨年、地元自治体や経済界と有識者懇談会を発足させ、路線網の維持について協議をした。そこでＪＲ四国側は、これ以上の経営努力は限界で、自社だけでは全路線の維持は困難との見通しを示している。

私の住んでいる今治市には予讃線が通っている。特急列車が猛スピードで行き交う姿は、勇壮で迫力があり世の中が動いているなと実感させられる。この予讃線の『経営係数』は、一二三で今すぐ廃線の論議はないと思われるが、利用者の減少で採算的には厳しいようである。

そういう私もここ数年、電車を利用したことがない。その罪滅ぼしに、急に電車で松山に行きたくなり、その足で今治駅十二時四十一分発の『特急しおかぜ7号』に乗った。特急は瀬戸内海沿岸を走った。自由席の乗客は五割ほどであった。しまなみ海道の『来島海峡大橋』や、青い海に浮かぶ島々を眺めていると三十分ほどで松山駅に着いた。料金は特急料金を含めて一、四七〇円であった。

松山ではこれといって目的がある訳ではなく、旨いと評判のラーメン屋に立ち寄り、銀天街と大街道の商店街を物見遊山で歩き、書店で書籍を購入し、喫茶店でコーヒーを飲んだ。こんなことで半日をつぶし、松山駅十七時三十七分発の特急で今治に帰ったが、この時間帯はサラリーマンの帰宅のためか、車内はほぼ満席の状態であった。

往復三、〇〇〇円ほどの出費は、ＪＲ四国の赤字の解決には焼け石に水だが、何か楽しい気分になった。ただ気になったことは、松山駅構内に、『四国新幹線の実現を』の幟旗が数本風になびいていたことである。これは本気なのだろうか、この実現で赤字は本当に解消されるのであろうかと……。

ＪＲ四国と先の小さなスーパーでは経営規模も大きく違い比較にならないが、企業はあくまで採算性があるかどうかである。いくらＪＲ四国が公共性のある交通機関といっても赤字路線では企業にとってはお荷物で、廃止の議論がされても止むを得ないことである。しかし、地域住民のため鉄道だけは存続してもらいたいものである。

閉店したスーパーではないが、それが存続されているときは、それが当然と何の不思議も感じないが、いざ閉店となるとその存在の大きさを実感させられる。ましてやＪＲ路線の廃線となれば、スーパーの閉店どころの騒ぎではない。その影響は計り知れない。駅は地域住民の心の拠り所であり、鉄道は最大の交通手段である。廃線は、その地域の過疎化をますます加速し、地域の崩壊につながる可能性がある。そのためにも、沿線住民はときに電車を利用しよう。

そして、いざとなれば地方自治体や財界を巻き込んだ第三セクターの設立で、何としても住民の足だけは確保すべきである。そうでなければ、一度、完全な廃線になれば、二度と電車が走ることはないであろう。

読めない俳句

知人に俳句を嗜んでいる方が数名いる。ときに謹呈しますと句集が送られてくることがある。先日、Aさんより五年間の集大成の第三句集ができたと真新しい句集の送付があった。

私は俳句に造詣がないので、その善し悪しは分からないが、ありがたく頂戴した。句集は、一般的にどれも立派な装丁で背表紙に金色や銀色の文字が輝き、各ページに一句か二句の俳句を掲載しているのが普通で勿体ない紙面の使い方だといつも思う。また、定価も三千円前後と高価であるが、今回の句集も例に漏れず見事なものであった。

さっそく句集のページをめくった。ところが一句めの下五『凌霄花』が読めない。こんな漢字は初めてお目にかかった。あなたは漢字の読解力がないと笑われそうだが、それが現実なので仕方がない。しかし、この『凌霄花』だけではなかった。句集のページをめくるごとに次ぎ次ぎと読めない文字が出てきた。それらを羅列すると、『下萌』『絢爛』『雪兎』『石蕗』『黄落』『坩堝』『飛礫』『唖蝉』『一閃』『撫牛』『殯の』『蹲踞』『魚猛り』『蹤いて』などである。

いずれも難解で、読めないから意味が理解できない。意味が理解できないから鑑賞どころではない。これらの難解な俳句には目もくれず読み飛ばすしかない。おそらくこれらの難解な文字を使った俳句は専門書か歳時記から引用したのであろうと思われるが、これでは私のような一般の読者に俳句は到底馴染めない。

私は、一読できて理屈抜きに情景が思い浮かぶ俳句が好きである。ああでもない、こうでもないと御託を並べなければ理解できない俳句は好みとしない。そのため、結果的には一読できる俳句だけを読みあさり、先のような難しい漢字を使った俳句は読もうとしないし、辞書や歳時記で調べる気にもならない。作者にとっては苦労して詠んだ佳句かもしれないのだが……。

とにかく、読めない俳句は御免なさいで、それを鑑賞しろといっても無理である。そんな一読できない俳句は俳句仲間だけで楽しめばいいのである。しかし、多額のお金をはたいて作った句集である一般の読者にもなるほどそうだと納得してもらい、俳句の真髄を堪能させる句集であって欲しい。

そのためには、たくさんの俳人にお叱りを受けるのを覚悟であえて提案すると、まず一読できる俳句を詠んで貰いたい。また読めない漢字にはルビを付けて貰いたい。あわせて、難解な言葉は、巻末にそれを解説した一覧表を付けて貰いたい。

こんなことをいうと、俳句は高尚な文芸で、そんな稚拙なことはできないと反感を買いそうであるが、そうしないと一般の方は句集に興味を示さない。まさに、作者の単なる自己満足の作品に終わってしまい、句集も本棚の一種の飾りとして淋しく放置されるのが関の山で、二度と手に取られることはないであろう。

私も暇にまかせて随筆らしきものを書き、一定量の原稿がたまると随筆集を上梓しているが、可能な限り常用漢字を使い読み易い文章を心掛けている。随筆は散文で、俳句の韻文とは比較にならぬかもしれないが、随筆も俳句も文字を使って思いの丈を表現する文芸であることは同じで、読めない文字をいくら羅列しても意味がない。なぜ、俳句はこれほまでに難解な文字を使って心の内を表現しようとするのであろうか理解に苦しむ。

今回の句集も、俳句には俳句独特の約束があり、一般庶民が立ち入ることができない聖域があるのだと主張しているようで、門外漢な私には気楽に鑑賞など程遠く、誠に残念でならない。

かの芭蕉や一茶、子規や虚子の俳句をみても、簡単に一読できて、すぐ情景が思い浮かぶ名句がいくらもあるのに……。

拙著の評価

拙著『随筆　早朝のメール』を上梓した。出版社から贈呈本三百冊が自宅に届いた。大きな段ボール箱八個で、玄関口は足の踏み場もない。

真新しい拙著を手に取った。装丁もまあまあの出来でインクの匂いが鼻をついた。本も三百冊山積みすると圧倒されそうになるが、これは半年間の努力の結晶なので、いとおしくなって抱きしめた。

さて、この本の山をどう取り崩していくかである。とにかく文芸仲間や友人、知人にお届けしなければならない。遠隔の方々には郵送の準備をして宛て名書きを終えていたので、添え書きを付けてレターパックに入れた。一日めは五十冊を郵送した。二日め、三日めとそれぞれ五十冊を送った。四日めは三十冊を送った。後は、近所にお住まいの友人や知人に私から手渡した。また兄弟姉妹など身内の者にも渡した。なんとか二百八十六冊を渡し終えた。拙著を受け取った方々のなかには、迷惑な方もいるかもしれないが、その峻別は難しく可能な限りお届けした。

その後、ささやかな反応がおこった。ことに拙著を一方的に郵送された方々からその返事が届き始めた。まず電話が架かってくる。そして、お礼のはがきが届いた。当初は拙著受け取りのお礼と、後でじっくり読みますとの内容であったが、数日経つと返事の内容が少し変わってきた。

これらのなかで、気になるはがきが一枚あった。それはA氏からのものである。彼自身も日ごろ趣味で小説を書き同人誌に発表している文筆家である。その内容は、「出版おめでとうございます。物書きは往々にして自分に文才があると思いがちであるが、それは読者が決めるものです。さっそく御著を読ませていただきます」と記してあった。

私ははがきを手にドキッとした。私はけっして文才があると自惚れている訳ではないのだが、第三者の目にはそんなふうに写るのかもしれないと反省した。

その後も、拙著をお読みいただいた方々から感想が届いた。ほとんどが友人や知人なので好意的な内容であった。なかには精読していただいて誤字を発見してくれた方もあった。読後の感想で、ありがたいのは「一気に読んだ」であるが、拙著には一気に読破させるだけの力はなかったようである。多くの方が目次の項目で興味を誘うものを順次読みあさっている感じであった。ただ、誰しもが読後の感想として「面白かった」と付け加えてくれた。これは本当にありがたいことだと感謝した。

とにかく著書は、面白くなければならない。面白くなければ読者はすぐ本を手放してしまう。一度手放した本は二度と手にすることはない。著者は、読者に最後のページまで読んで貰いたいのである。そのため心血を注いで原稿を書いているのである。本は面白いから読むのである。専門書や学術論文ならばいざ知らず一般書籍は面白いことが一番である。面白ければ最後のページまで読了してくれるのである。

当然、面白いという表現はいろいろな意味を含んでいるが、単に笑い転げるだけでは物足りない。感動や共感、発見や納得があってはじめて面白いのである。

いろいろな方々から読後の感想をいただいたが、やや気になる一件があった。それは先のA氏からの連絡がその後一切ないことである。拙著が内容的に意に添わなかったのか。

あるいは論評に値しないのかと良からぬことを考えた。

それからしばらく経って、B氏から読後の感想が寄せられた。その添え書きにA氏も相当感心していたとの記述があった。これからするとA氏も一定は認めてくれたのだとほくそ笑んだ。その数日後、今度はC氏から電話があった。「A氏から薦められて読んだが面白かった」との内容であった。これまた嬉しくなった。

A氏は読後の感想を私に一切連絡してこなかったが、第三者にその感想を述べて拙著を一定評価してくれていたのである。私に、面と向かって論評せずに第三者を介して論評するなど、まさに粋な計らいである。

私からA氏に電話を架ければいいのだが、それではあまりにも子供じみている。そのためしばらくはこのままの状態で、忘れたころにA氏の論評を聞いてみるのが大人の配慮かもしれない。

拙著三百冊の贈呈本は、友人や知人にお届けした。なかには反応のない方もいるが、出版祝いや図書券、清酒や商品券、果物などをいただいた。本当に申し訳ないと思うし、それらに応えるだけの価値が拙著にあったのだろうかと恐縮する。

ただ、読後の感想で多くの方々から面白かったとの声が寄せられたのはありがたいことである。今後、拙著『随筆　早朝のメール』がどんな動きをするか想像も出来ないが、手に取っていただいた方々の心に少しでも響くことを願って止まない。

カナダの大学生

平成三十年四月十八日のことであった。朝五時過ぎに目が覚めた。まだ屋外は薄暗い状態であったが、梅林のあずま屋のことが気になった。あずま屋は、私がボランティアで気の向くままに清掃作業をしているが、このところ所用が重なり長い間ご無沙汰していた。それならば兎に角、出掛けてみることである。車で三分ほど走るとあずま屋に着いた。ところが普段と何か様子が違っていた。だれかが野宿をしているのである。コンクリートの床に寝袋に包まって男性が寝ている。側には荷物を積んだ自転車も置いてある。

浮浪者であろうか。いずれにしても安眠の妨害にならないように、その場から離れて海岸で時間調整をした。早朝の海岸には犬を連れて散歩をしている方が数名いた。瀬戸内の海を渡る潮風にあたりながら、先のあずま屋の男性のことが頭をよぎった。今朝は相当冷え込んだが体調は大丈夫だろうか。また、本当に寝起きをする家がない方であろうか、などと良からぬ心配までした。

しばらく海岸にたたずんでいたが、これ以上待つことは無理なので今日の清掃はあきらめ、あずま屋の側を通って自宅に帰ろうとしたときであった。一人の背の高い男性が立っていたので、あわてて車を止めた。

男性は外国人である。それも寒そうに肩をすぼめて手を擦り合わせていた。私が、「熱いコーヒーを飲みますか」と話しかけると、彼は笑顔で、「ありがとうございます」と答えた。

私は、車のトランクに積んでいる湯沸かしセットを取り出し、携帯用のガスボンベで湯を沸かし始めた。彼は、おそらく缶コーヒーを想像していたのであろう。「オッー、オセッタイ」と驚き、ガスボンベの炎に両手をかざして暖を取った。ほどなく湯が沸いたのでコーヒーと日本茶をいれた。すると彼は荷物の中からパンを取り出し、「ブレックファースト」と言いながら美味しそうにコーヒーとお茶を飲んだ。

私は英会話はできない。彼も日本語が充分話せないが、簡単な単語を並べ身振り手振りで、また彼はときにスマホで言語変換をしながら、なんとか話は通じた。

私が浮浪者と思い込んだ彼は、カナダの大学生で、九州と四国を自転車で一人旅をしているようである。スタート地点は福岡県で長崎、熊本、鹿児島を走り別府からフェリーで愛媛県の八幡浜に着き、その後、大洲、松山、今治と走って来たという。今日は高知に行き、徳島、高松を走ってカナダに帰ると、スマホの地図の画面を見せながら楽しげに説明した。この間、彼は笑顔を絶やさなかった。

また、梅園の木々を指さして、桜の木かと訊ねるので梅だと答えると、いたく驚いているようであった。

三十分ほど経って別れのときとなった。彼はスマホの画面を私に示した。それには、「ありがとうございました。このことは日記に書いて残します」と表示してあった。

彼は、自転車にまたがり次の目的地に向かって颯爽と走り去った。私は無事を祈って見送った。

まさに、早朝の予想だにしない出来事であった。今治市の市街地から離れたこの地で、外国人が野宿し、あわせてコーヒーを二人で味わうことなど思いもよらなかった。

もし逆の立場で、私がカナダを一人で旅をしていて、見ず知らずの人から突然、「コーヒーを飲みますか」と、声を掛けられて快諾するであろうか。だれしもやや不安に思い躊躇するであろう。しかし、私はそんな一方的に驚かす行為を臆面《おくめん》もなく彼にしたのである。それを受け入れた彼には、四国霊場のお接待の予備知識があったからであろう。彼に驚きと不安をあたえたことに反省もしているが、「日記に書いて残します」とまで言い残したのだから少しは感激してもらえたのではないだろうかと自己満足した。

私は、ドライブ途中の眺望のいい場所で、湯沸かしセットを活用してコーヒーの香りを楽しんでいるが、今回のように一杯のコーヒーを介して、見ず知らずの外国の大学生と巡り合うなど、まったくの奇遇であった。

次は、どんな出会いがあるのだろうか。いつのことになるか分からないが、それを楽しみに、絶えずガスボンベの充填と水の補充をしておこう。できれば英会話も勉強すればいいのだが、こればっかりは一朝一夕ではどうにもならない。

俳優竹中直人

女房とテレビを観ていた。女性アナウンサーとゲストの俳優竹中直人が、四国の名所を案内し名物を試食する番組であった。

画面に映った光景は、二人が窓際に座り背景は海で遥かに島々が見えた。その海は波穏やかで瀬戸内海であろうと思われた。しかし、いずれの施設からの放映なのか判明しなかった。カメラのアングルが変わるか、二人が移動すれば分かるのだが終始テーブルの前に座ったままである。

それにしても背景の海は何か見覚えがある。女房も同じことを感じていたようである。そのうち女房が、「休暇村ではないの……」と言った。たしかに背景に見える島は、比岐島と平市島のようで、その気で見ればますます休暇村で撮影したのではないかと思われた。しかし、あの著名な俳優竹中直人が、こんな田舎に来るはずはないであろうと半信半疑であった。

その一週間後である。女房と休暇村『瀬戸内東予』の日帰り温泉に出掛けた。自宅から車で十分ほどのところにある。

温泉は、露天風呂を併設し眼下に道前平野が一望できた。その背後には四国山脈が横たわり石鎚山や瓶ヶ森の頂は雪を冠り輝いていた。また、左に目をやると新居浜市と西条市の工業地帯である。まさに絶景で、さすがこの休暇村は景色のいい高台を選んで建設したものだと感心しながら長湯となった。

湯上がりに、昼食のランチバイキングを食べることにした。レストランは二階で海が見えるように設え、座席数は百五十ほどの広さである。時間的に一時を過ぎていたので空席があった。スタッフの、「席は自由に座ってください」の言葉で窓際に座った。

バイキングなので、食材は自分で好きなものを調達しなければならない。野菜の煮物や若鳥の唐揚げ、湯豆腐、卵焼き、焼きそばなどを皿一杯に盛った。つぎに炊き込み御飯と豚汁を揃え、やっと食事となった。いずれの食材も上品な味付けで私の口に合った。

窓外の海を見ながら、先にテレビで放映した光景を思い浮かべてみると、遠くに見える島々の形やその配置が何となく一致する。おそらく、この休暇村で撮影されたのは間違いないであろうと確信した。女房も同感のようであった。

つぎに食後の果物とコーヒー、ケーキを取り揃えた。コーヒーを味わっていると、女性のスタッフが通りかかったので、「先日テレビで放送された竹中直人さんの番組は、この休暇村ですか……」と、声をかけた。

スタッフは顔をほころばせ自慢げに、「ハイ。この休暇村です」と答えた。つづけて思いもよらぬことを言った。

「今、貴方様が座っている席に竹中さんは座られました」

まさかまさかの驚きである。この席にあの竹中直人が座ったのである。ただただ驚くばかりである。今までそんな経験は一度もない。なにせ、当地を著名人がそうそう訪れることなどないからである。

かの俳優竹中直人が、この席から瀬戸内海を眺めたのかと感慨一入である。あらためて瀬戸内海に目をやった。波は穏やかで広々とした海原である。そこに比岐島、小比岐島、平市島、小平市島が浮かび、遥か彼方に無数の小島が見え隠れする。小比岐島には二人の住民が生活しているが他は無人島である。二月の海原を漁船がゆっくり進む。まさに一幅の絵画である。こんな絶景が自宅の近くにあるのだと再認識した。

それにしても著名人が座った席に、その一週間後、私が座るなど夢にも思わなかった。まさに偶然である。レストランには、いくつも空席があったのだから、もし他の席に座っていればこれほど大きな感激はなかったであろう。

そんなささやかなことで感激するものかと笑われそうだが、現実にお尻や背筋に緊張が走ったのだから仕方がない。存外人間とは単純なものである。ときに著名人と握手をして、当分手は洗わないと感極まっている方をテレビなどで観ることがあるが、その心境は理解できた。

四国の片田舎に住んでいる者にとって、中央で活躍している著名人はそんな存在なのである。

読書週間

読書週間は、読書習慣の普及と読書生活の向上をはかるために設定された週間で、毎年十月二十七日からの二週間をいう。

近ごろはこんな週間があることすら忘れていたが、中学生のころ、この時期になるとクラス全員が図書館で好きな本を借りて、その感想文を書かされたことがあった。今では、そのときどんな本を読んだか記憶にない。

今年の読書週間にあわせて、読売新聞が全国世論調査を実施した結果を報道していたが、その中で興味を引いた項目は次のとおりであった。

①、この一か月間で本を読んだ人は49%、一冊も読まなかった人は50%。
②、この一か月間に買った本の種類は、単行本と文庫本が各22%。

③、買った本の種類は、近代及び古典文学を筆頭に政治、法律、ビジネス、健康、福祉、年金などである。
④、本を読む理由は、「知識や教養を深めるため」が45%、「面白いから」が38%、「趣味に生かす」が28%。
⑤、読みたい本が発売されると、若い世代はすぐ単行本を買うが、四十歳代以上は文庫本になるのを待って買う傾向が強い。
⑥、本を買う場所は、書店が75%、オンライン書店が18%。
⑦、好きな作家ベストスリーは、東野圭吾、湊かなえ、司馬遼太郎。
⑧、電子書籍利用の積極派は38%。

この調査に私自身を当てはめてみると、二冊の本を書店で買った。一冊は語彙力の単行本で、他は趣味の月刊雑誌であった。買った動機は内容が面白そうであったからである。また、本は書店ですべて購入し、好きな作家は浅田次郎と百田尚樹である。

ことに、今は読書週間である。なにか文学作品を読んでみようと思い立った。さてどんな作品にするか考えた。著名な作家でだれもが知っている作品がいいだろう。また、長編でないものにしようなどと思案した結果、川端康成の『伊豆の踊子』に決めた。

この作品は以前に読んだことがあるので本棚を探した。平積みした中に黄ばんだ一冊の本を見つけた。新潮社の文庫本である。

作品『伊豆の踊子』は五十ページほどの短編で手頃であった。しかし、活字が小さく苦労しながら読み進めた。作品の内容は二十歳の第一高等学校生の主人公が、十四歳の可憐な旅芸人の踊子と伊豆を旅する情景を描いたものである。

作品全体は、短い文章で綴られ、いずれも主語がはっきりしていて読みやすく、主人公と踊子のつかず離れずの淡い関係を平易なことばで情緒、情感豊かに表現されていた。久しぶりに美しい日本語に巡り合い、これぞ純文学の極みだと思い知らされた。

ただ、文中の一箇所が気になった。四十三ページ一行めから二行めにかけてである。「踊子は掘割が海に入るところをじっと見下ろしたまま一言も言わなかった。私の言葉が終わらない先終わらない先に、何度となくこくりこくりうなずいて見せるだけだった」、このうち「終わらない先」の部分が重複しているように感じた。語呂的にもこれでは読みずらく違和感があった。

さっそく印刷ミスでないかと出版社に電話を架けると、編集部の若い女性は、「間違いありません」の一点張りである。私が生原稿がそうなっているのかと訊ねるもそれには応えず、間違いないと繰り返すだけである。まさに木で鼻をくるような応対で二の句が継げなかった。

それならばと図書館に出向いた。その結果、岩波書店の岩波文庫と新潮社の新潮日本文学では、「終わらない先」の部分が重複していた。ところが、筑摩書房の現代日本文学大系と小学館の昭和文学全集、河出書房新社の現代の文学には、重複部分の一方が削除されていた。

これほど出版社によって取り扱いが違うのか不思議でならなかった。それは、『伊豆の踊子』の生原稿を確認すればいずれが正しいか一目瞭然だが、私にそんな術《すべ》はない。

なぜこんな曖昧模糊とした現象が起きているのだろうかと、私なりに考えた。おそらく生原稿はなにかの事情で重複して記述されているものと思われる。それを忠実に守っているのが新潮社と岩波書店で、他の出版社は編集段階で、この部分は意味不明で不要な記述として削除しているのではないだろうか。

しかし、我が国を代表する名著の誉れ高い『伊豆の踊子』である。著者川端康成がご存命中にご意向を伺って統一した表記にすべきであったのに、今となっては手が打てず誠に残念なことである。

今年の読書週間、なにげなく読んだ『伊豆の踊子』に、こんな不可解な部分があるなど思いもよらなかった。ときには、名著を精読すると意外な発見があることを教えられた。先の事例は単なる印刷や校正ミスなどではない。作家の生原稿を無条件に反映させようとする出版社と、間違いは間違いとして正そうとする編集者の強い意志の現れであろうと思われる。

それにしても名著『伊豆の踊子』に、こんな謎めいた一面が秘められていることに気付き、なにか楽しい読書週間となった。

白内障の手術

手術は、だれしも不安と心配で落ち着かない。それも眼科の手術となれば尚更である。女房が、「白内障の手術を受けることになった」と言った。私はそれを聞いて一瞬慌てた。こともあろうに目の手術である。驚くのは当然で最悪のことが頭をよぎった。もしや失明でもすればどうなるのかと良からぬことを考えた。前々から受診していた自宅近くの眼科医院では手術が出来ないため、街の大きな眼科病院を紹介されたとのことである。白内障は眼球の水晶体が灰白色に濁る病気で、その手術は水晶体を取り除き人工のレンズを挿入するのだから、相当高度な医療技術が必要である。

後日、女房は紹介された病院で診察を受けた。医師は両眼とも白内障が進んでいるので両目の手術が必要だと診断した。しかし、女房は右目はまだ見えるのだがと、やや不満げであった。

私は両目と聞いて本当に大丈夫かと一層不安になった。右目の手術は、左目の手術が成功してから判断すればいいのではないかと言った。手術日は毎週火曜日と木曜日の午後で、いかに白内障の患者が多いかである。女房の手術日は二か月先と決まった。

手術当日になった。私は女房に同行して病院を訪れた。受付で入院の手続きを終えると三階の病室に案内された。しばらくすると手術を受ける患者がロビーに集められた。患者は十名で、男性三名、女性七名で年齢的には六十半ばから八十歳前後だと思われた。

看護師から手術の順番や注意事項の説明を受けた。みんな神妙な顔付きで聞いていた。看護師は、それを知ってか静かな口調で時には笑みを交えながら、「手術は、手術台に体の力を抜いて仰向けになってもらいます。医師と看護師の指示に従ってもらえれば、時間的には十分ほどで終了します」とのことであった。

そう言われても私はまだ不安であった。しかし、女房はそのことは一切口にも態度にも現さなかった。むしろ観念したのであろう。

その後、病室で待機していると、手術の順番となり看護師が女房を迎えに来た。私は、「頑張って……」と女房を送り出したが、一人になると落ち着かなかった。持参していた本も読む気はしない。手術の成功を一心に祈るだけである。

一時間半ほど待った。女房が左目に眼帯を付けて帰ってきた。付き添っていた看護師は、手術が無事に終わったことを笑顔で告げた。

女房は無言でベッドに横になった。手術が終わった安堵感か麻酔の影響か朦朧としていた。私は側にいてただ見守るしかなかった。手術は無事に終わったが、本当に成功したかどうかは明朝眼帯を外すまでは分からないのである。

これで何とか急場は凌げたようである。後は時間の経過を待つしかない。しばらく二人で無言の時間を過ごした。

一応落ち着いたので私は自宅に帰ることにした。帰路は車を運転したが、来院のときの不安とは大違いで拘束から解放された気分であった。

翌朝、病院に再度出掛けた。女房はすでに医師の診察を終えて眼帯は無かった。開口一番、「よく見えるようになった」と喜んだ。手術は成功である。今日はこれで退院となり後は通院とのことである。

帰り道、女房は街の景色が今までと違うと言った。あわせて、手術した左目がよく見えるようになったためか右目もやっぱりおかしいとのことである。右目は大丈夫だと言っていたのに意外な言葉であった。私は、左目が成功したのだから右目も手術をしてもいいのではないかと答えた。

その二週間後、右目も手術した。女房は、自分の顔のシミやシワがよく見えるようになったと驚き、家庭内のゴミやホコリも気になりだしたとのことである。

両目の手術が無事に終わった。医師の技量に感謝した。手術前の不安も吹っ飛んだ。女房の喜ぶ様子をみると悩んだことが嘘のようである。結果的には、『案ずるより産むが易し』であったが、それにしても心配であった。私なら、小心者なので動揺し、弱音を吐いていたであろうが、女房は一言もそれを口にしなかった。女性とは肝が据わればそんなものなのかと教えられた。

ただ、女房も両目の手術の後、「本当に怖かった」と、一言漏らしたがそれが本心であろう。万が一、視力を失うようなことになれば、日常生活は一変し、その苦労は想像を絶するものとなるからである。

自治会役員

自治会役員選出について団地内で小さな集会が開かれた。

自治会は九十戸で六班に別れ、私は六班に属している。自治会役員は自治会長、副会長、会計担当で各班が順番に二年間担当することになっているが、だれしも出来ることなら遠慮したいと言うのが本音である。

進行役の班長が、「いかが取り扱いましょうか……」と口火を切った。しかし、みんな押し黙ったままである。そのうち、会計担当ならしてもいいと言う者が現れた。願ってもないことなのでだれも異存はなかった。問題は自治会長である。少しの間、みんなで顔を見合わせたままの状態が続いたが、「黒瀬さんお願いできませんか」と班長が言った。それに呼応するかのように、「お願いします」とみんなが異口同音に言った。私は、まさかと思ったがいろいろ状況を判断し、止むを得ないと渋々了承した。副会長はすぐ決まった。

その後、自治会総会でそれぞれ自治会長、副会長、会計担当として承認され晴れて私は自治会長になった。二年前のことである。

自治会長は二度目である。二十年ほど前に経験したときは、現職で働いていたので活動のほとんどは女房に任せ切りであった。しかし、今回は退職して自由の身なので、私が積極的にその任をこなそうと決めた。

この二年間、自治会長としてどんな活動をしてきたのだろうかと振り返ってみた。まず毎月の広報の配布である。市役所から広報紙が届けられるが、それを班長を通じて各戸に配布して貰うのである。

あわせて、ときどき団地内を見て回った。ゴミ収集場所の整理や街灯の点検、道路に凸凹はないか、通路に雑草は生えていないかなど……。

自治会の大きな行事は、住民祭、敬老会、盆踊り、海岸清掃、防災訓練などであるが、いずれも公民館の指示に従って行動すれば何とかなった。そのため会議は頻繁に行われた。

これら以外に氏神さんの祭りの寄付の取りまとめがあった。鎮座千百二十五年の式年祭の寄付である。以前の大祭のときは十万円以上の寄付者が数十名いたと記憶しているが、今回は三名だけであった。これも団地住民のほとんどが、年金受給者なので仕方のないことである。

団地は完成して四十年ほどになるが、当時は働き盛りの者が多く活気があり、子供の声も賑やかであった。だが今ではひっそり静まりかえっている。ことに高齢者の家庭が増えた。敬老会参加の対象者は満七十五歳以上だが、二十年前は五名だけであったのに四十四名になった。

また、団地の様相も変わるものだと感じさせられることがあった。自治会の各家庭でご不幸があった場合は、回覧で連絡し、それぞれが通夜や葬儀に参列するのが通例であったがそれが無くなった。他人様にご足労を掛けることを極力嫌う傾向が強くなり、不幸があっても第三者には知らせることなく、葬祭会館を利用して身内だけで葬儀を執り行うようになってしまった。後日ご不幸を知って、弔問に伺ったのはこの二年間で三件あったが、そんな時代になったのかもしれない。

まもなく私の自治会長の任期も終わりで、来年度は一班に役員をお願いすることになるが、先日、一班の班長と次期役員について話す機会があった。この方ならと思う方に自治会長を打診したが丁重に断られたという。今後話し合いで穏便に決まればいいのだが、なかなかそうはいくまい。何とかくじ引きだけは避けたいと頭を抱えられていた。

自治会長はボランティアである。私は自治会のために少しでも役に立てばと肩肘張らず自然体で対応してきた。この間いろいろの方と話す機会があり、団地内の状況を垣間見ることができて楽しかった。退職者にとって丁度いいボランティアであった。

一班のみなさん、自治会役員は不安で躊躇もあるだろう。しかし、難しく考えず気楽な気持ちで引き受けて貰えればいいと思うが……。

II

『気がつけば、終着駅』

直木賞作家佐藤愛子の『気がつけば、終着駅』を読んだ。

この著書の新聞広告を何度も目にしていたが、ベストセラーになった前著『九十歳、何がめでたい』の続版であろうと、ことさら心が動かなかった。

そんなとき書店をのぞいた。店頭に、この『気がつけば、終着駅』が平積みされていたので何となく手に取った。ところが、著書全体が透明のビニールで梱包され中身を一切読むことができないのである。アダルト雑誌ならいざ知らず、文芸書をこんな状態で販売されているのは不思議であった。書店にとって、立ち読みされたまま販売につながらないため、そんな対応をしているのであろうと思った。

書店がそこまでするのならばと敢えて著書を購入し、ビニールの梱包を解いて巻頭の前書きを読んで驚いた。

『この本に収録されているエッセイは、五十年前から今日まで私が「婦人公論」に執筆したものです。ですから読者の中には、新刊だと思って買ったのに、古いものを集めたものなのか、人をバカにして、と怒られる方もおられると思います。私もそう思って出版を辞退しました。ところが出版社の「五十年前ですよ。読んだ人がいたとしても中身は忘れています。亡くなっている人も少なくないと思います」と説得された』

私は、店頭でこの前書きを読めばおそらく著書は購入しなかったであろう。なぜなら五十年前のエッセイをいまさら読む気はしないからである。その点では、ビニール包装は一定の効果があったのだと感心したが、同時に出版社もこんな二番煎じの著書をよくぞ出版したものだと少し腹立たしい気持ちになった。そのため購入したもののすぐ読む気が起こらず机の上に放置したままであった。数か月経って、一読もせずに積み置きしたままの著書がなぜか不憫になってページをめくった。

著者佐藤愛子は現在九十六歳だが冒頭の作品は四十歳当時のものである。これらは『最初の結婚に破れた体験』『つまずきを怖れない』『未来への可能性を信じて』『再婚者に勲章を』と題したエッセイで、著者自身の離婚について綴ったものである。

読み始めて驚いた。とにかく内容が新鮮で五十年前のこととは思えない。現時点の出来事のような感じである。

これらのエッセイの要旨は、『一度目の結婚相手が軍隊でモルヒネ中毒になったので離婚し、実家に戻り母親と一緒の生活をしながら小説を書いて身を立てようとした。しかし、文学的な経験はなく素養もないと悟る。次に、離婚についての是非や第三者の噂に翻弄されながらの生活は不安定で、小説は何年経っても売れず、たまに認めてくれる雑誌社があると不思議につぶれてしまう。そのため病院に勤務しながら売れない小説を書き続けていた。そのころが人生で最も絶望的な時代であったと述懐している。

その後、三十二歳のときに再婚する。相手は五歳年下の初婚の男性で、同人誌の仲間である。今度失敗したら大変とビクビクする必要は少しもない。再婚に失敗すれば三度目をやればよい。三度目に失敗すれば四度目をやればよい。三度目以上の結婚者は胸に勲章をぶら下げることにしてはどうであろう。なぜなら、それは自分自身の力で積極的に切り開いて行った勇者だからである』

こんな内容のエッセイであるが、いずれも面白おかしく軽妙に綴られているので、読んでいて楽しく飽きない。なるほどそうだと引き込まれながら読み進んだ。これらのエッセイ以外に五十代、六十代、七十代の作品が盛り沢山に列記されていたが、どの作品も古風な時代を感じさせず新鮮である。

エッセイは日常茶飯事を自由に綴った文章だが、物事を多面的に捉え情緒情感を盛り込み、あわせて普遍性がなければならないと言われている。これらのエッセイは、まさにそれを網羅した作品なので、五十年後の読者にも感動を与えるのであろう。

著書の巻末は脚本家橋田寿賀子との対談記事である。著者が九十五歳のときで、安楽死や死後の世界、健康管理、作品作りの苦労話などを心に響く言葉で語られたものである。ことに、著者の締めの言葉は「好きなことをして一生終わるのが、人間にとって一番の幸福じゃないのかしら、たとえどんな苦しい思いをしたとしても……」と平凡だが、なぜか納得させられる。

いずれにしても読後感はさわやかで大満足の一冊である。著書の表紙の帯に、『佐藤愛子、初エッセイから五十五年。これでおしまい』と朱書きしているが本当にこの著書が絶筆となるのであろうか。いやいやまだお元気そうなので次の著書がありそうな気がしてならない。愛読者の一人としてそれを期待して止まないのである。

公募作品の審査

私は、ある文芸団体の公募作品の審査（随筆部門）を担当している。他人様の書籍や原稿作品を審査する能力は持ち合わせていないのは重々承知しているが、これも立場上やむを得ない。

公募であるから、応募者は見ず知らずの方々である。随筆大賞と随筆協会賞を選考するのだが、大賞は一冊の書籍で協会賞は原稿用紙五枚の生原稿が審査の対象である。審査であるから、公平でなければならないのは当然である。しかし、私も感情があるのでおのずと好き嫌いはある。そのため、作品が読みやすいかどうか。また、読後の感想として感動があるかどうかに重点を置いて審査するしかない。

審査した一部の作品について、その感想を記述する。はじめは随筆というより評論的な書籍である。まず手にとって驚いた。巻末の主要参考文献が何と百二十冊である。この一冊の書籍を作成するため、これほど膨大な量の書籍を参考にしたのかとその努力に敬服した。しかし、選者とてこれほどの文献に目を通すことは不可能である。

書籍を読んだが、どの部分に参考文献を引用したのかまったく不明である。これでは著者は何を主張したいのか、ましてや結語にしても参考文献の焼き写しかもしれないとの疑問が生じ、読者に感動を与えるには程遠い。参考文献は、ほどほどにして著者自身の主張を自信を持って披瀝すべきである。

次は、生原稿の作品である。それも書体鮮やかに原稿用紙五枚の枡目を丁寧に埋めていた。題目は『墓じまい』で、市営墓地に埋葬している女房の両親の墓を菩提寺の永代供養の樹木葬に移すという内容である。住職との打ち合わせ、市役所での手続き、墓石業者との協議など、詳細な記述はなるほどと納得させられる。まさに今日的な話題で同じ悩みを持つ者に一石を投じる作品である。随筆はこれでなければならない。日常茶飯事の体験や見聞をもとに多面的に捉えて描写するしかないのである。

もう一冊の著書は薄茶色の見事な装丁である。目次に目を通すと興味をそそう題目がいくつもある。いずれの作品も読みやすく面白い。書籍は内容的に面白いことも大きな要素である。学術書ならいざ知らず、随筆は面白く共感を与えるものでなければ、読者はすぐ手放し二度と手に取ることはない。

ことに『尿管結石』は感銘を受けた作品である。著者が職場から車で帰宅中に腹部に激痛が走り七転八倒する。それを見つけた通行人に助けられ病院に連れて行かれ、治療の結果、三日後の排尿時に小さな石が出て痛みは治まる。その時の小石を今なお神棚に祀るという内容であるが、激痛に苦しみ意識朦朧となった経緯は読者を引き付ける。この尿管結石は、だれとはいわず突然発症するので、明日は我が身と共感しながら読んだ。

これらの応募作品は、書籍が十五冊、生原稿が六十三作品で、いずれの作品も著者の思いの丈がみなぎっていた。

私も、若い頃は随筆作品の公募に応募した。その結果は思いのほか評価され、ありがたいことに今まで四つの賞を戴いた。今振り返るとよくぞ受賞できたものだと感心する。

応募作品となれば、いずれも甲乙つけがたい水準であろうと思われるが、その中で受賞できるにはそれなりの理由があるからである。その理由が分かれば簡単であるが、それが分からないから応募者は苦労するのである。ただ随筆は歴とした文学である。そのため物事の表面を捉えただけでは物足りない。いかに実相に迫り情緒情感を盛り込んだ光を放つ記述があるかどうかではないだろうか。その点で、作家開高健氏がある新人賞応募作品の選評で述べた言葉がある。

「どれもそれらしく上手に書けている。しかし、どうしてもその人でなければならないという発見がない。一行でもそういう発見があればその作品をためらわずに選ぶのだが……」

まことに的を射た言葉である。あえて私なりに解釈すると、発見とは実体験の中から引き出した人間界や自然界の実相だと思われる。これこそ、各賞の選考にあたって心すべき教えである。

選者は私を含めて三人である。まず各選者が受賞候補作品をそれぞれ三作品ずつ選び、それらを持ち寄って、会長を交えた協議で最終決定となる。私も三作品を選んだが、この中から受賞作品が出ればいいのだが。次は私自身の審査眼が試されるのである。

公募の審査は、応募者を納得させる結果でなければならない。まさに真剣勝負である。

帯状疱疹

痛い。痛い。足が痛い。転げ回るほど痛い。あまりの痛さで身体の置き場がない。華道の剣山でチクチク刺されるように痛い。帯状疱疹に罹病したのである。

数日前から右下肢に何ともいえぬ違和感があった。朝、目を覚まして足の側面をみると赤い斑点が数個あった。家庭菜園で作業をしたとき毒虫に刺されたのだろうと虫刺されの薬を塗った。昼過ぎになると赤い斑点が朝より増えていたが、このときも薬さえ塗れば治まるだろうと呑気にかまえていた。

ところが夕方になって入浴しようとして驚いた。スネからフクラハギに掛けて赤く帯状に腫れている。また、足首と土踏まずの部分に赤い斑点が無数に散らばっていた。

これはただごとではない。単なる虫刺されではないと素人目にも分かった。入浴は取りやめ床に就いたが痛くて眠れない。右足全体が熱を持ち、にぶい痛みが走る。翌朝、近くの内科医院を訪れた。医師は患部を診て、胸部と背中に聴診器をあて、腹部を触って帯状疱疹と診断して薬剤を処方してくれた。あわせて、当分は相当痛みますとおっしゃった。

次は薬局で、薬と帯状疱疹についての解説書を貰った。解説書によると、帯状疱疹は身体の左右どちらか一方に、ピリピリと刺すような痛みと、これに続いて赤い斑点と小さな水ぶくれが帯状にあらわれる病気で、これは身体の中に潜んでいるヘルペスウイルス等によって起こる。

加齢やストレス、過労などが引き金となってウイルスに対する免疫力が低下すると、潜んでいるウイルスが活動を始め、神経に沿って皮膚に到達して発症する。

発症年齢は、五十歳代から七十歳代に多く、胸から背中にかけて症状が現れるのが一般的だが、ときに頭部や目の周囲、手足にも発症することがある。

初診から四日め、解熱・鎮痛剤（カロナール錠２００）がなくなったので再度医院で受診した。とにかく痛い。痛さのあまり夜も充分眠れない。全神経が足に集中して平常心を失い気力がなくなってしまう。痛い、痛いとたえず口にする状態で日々を過ごした。

医師も、痛さに同情はしてくれるがどうにもならない。十日間は我慢するしかないとおっしゃり、鎮痛剤と塗り薬を処方してくれた。

一週間が経った。当初貰ったウイルスの増殖をおさえ、症状を改善する薬（アメナリー錠）を貰うため再度受診した。医師は足の患部を見て、「赤みが消えて少し凋れてきました。薬の効果でウイルスもこのまま治まると思われます」と、新たな薬を処方してくれた。それは神経に働きかけ、しびれ、痛み、マヒなどを改善する薬（メコバラミン錠）であった。

患部の赤く盛り上がっていた表面は茶色になった。痛みは心持ち落ち着いてきたが、まだ足全体に痛みが残り、しびれ感があった。痛みもこのまま治まってくれればと思ったがそうはいかなかった。

足が痛いのならば安静にしていればいいのだが、それでは気分的にふさぎ込んでしまう。そのため、自宅の周辺を杖をつきながら散歩したり、家庭菜園の見回りをして気晴らしをした。何とか頭から足の痛みを忘れさせればいいのだが、痛さが勝り、頭から痛みは離れなかった。痛い、痛いと再三口にし、他人様からみるともう少し我慢できないのかと笑われそうだが、帯状疱疹に罹病したことのない者にとってはその痛さは到底理解できないであろう。

こんな話を聞いたことがある。実妹の知り合いが四十半ばに帯状疱疹が頭部にできて一命を失った。また、女房の知人のご主人は背部に発症して、その痛さに耐えかねて二人の娘を呼び付けて、遺言まがいのことを話したとか……。

いずれにしても帯状疱疹は虫刺されなどと簡単に考えてはいけない疾病で、早期に治療するのが一番である。私は、医院を訪れるのが二日ほど遅れたような気がする。一般的に皮膚症状は二十日間程度で治まり痛みも消えるとのことである。たしかに、その頃になると痛みも薄らいだが、後遺症としてピリピリする痛みが持続する場合があるようなので不安はあった。

帯状疱疹は生涯に一度だけの発症で再発することは稀だといわれている。そのため私は今後二度と罹病することはないであろうが、それにしても痛かった。あの痛みだけはどうにも我慢できなかった。

「思う」と「思い出」

このところ筆が進まない。私は日ごろ随筆らしきものを書いているが、その題材を思いつかない。毎月二編のペースで駄作を書いてきたが、ここ数か月はどうしたことか作品が出来ない。

プロの作家でも作品が書けないときがあるようなので、素人の私は当然である。いわゆるスランプの状態だと思われる。しかし、作品を書くことで生計を立てている訳ではないので、あわてず騒がず呑気にかまえているが、やや焦りもあった。

私は、二十年ほどあきることなく随筆を書き続け、それらを取りまとめて拙著を七冊上梓することができた。一冊の拙著に五十編ほどの題材が必要なので、単純計算で三百五十ほどの題材を、ああでもないこうでもないと理屈をこね回して作品にしたのだから、ネタ切れになるのも止むを得ないことである。

そんなとき、近藤勝重著『書くことが思いつかない人のための文章教室』(幻冬舎新書)を読んだ。その著書によると、「思う」ことより「思い出」を書けばいいとなっていた。「思う」は胸の内の判断であるが、「思い出」は記憶にある体験を頭に思い浮かべることである。例えば『師走』について「思う」では、さびしい、孤独感、街のあかり、一年の反省などである。ところが「思い出」は、暮れの押し迫ったときの知人の訃報、クリスマスの団らん、親戚一同で楽しんだソバ打ち、趣味仲間との忘年会、田舎に列車で帰省したことなどである。

「思う」と「思い出」はあきらかに違いがある。原稿用紙に向かって書くことが思い浮かばないときは、具体的に描写しやすい題材がいい。それにはやはり「思う」ことより「思い出」である。

師走のさびしさや孤独感は、心で思うことで形を持っていない。形のあるものは描写しやすいが、形のないものを描くのは難しい、と書かれていたが、なるほどそうだと納得させられた。

たしかに、「思う」と「思い出」は、違うと実感したことがある。五月になると木々は新芽を吹き出す。我が家の小さな庭も例外ではない。六十坪ほどの宅地に三十坪の家屋を建て、その周辺に庭木を植えている。庭木は、雑木ばかりだが毎年剪定をしなければならない。庭園業者に頼むほどではないので、私が一週間ほどかけて剪定するが、今年この剪定で悩んだことは、棕櫚《しゅろ》をどうするかであった。

棕櫚の樹高が五メートルほどに伸び、狭い裏庭に植えているので葉が屋根を覆い、庭木の役目を果たさなくなったからである。

思案の末、棕櫚を取り除くことに決めたが、いざ切り倒してみると四十年ほどかけて生育したのにと可哀想な気持ちになった。また棕櫚の樹霊に怒られるかもしれないと思った。しかし、それ以上の感慨は思いつかなかった。

ところがどうしたことか棕櫚の「思い出」は無数にあった。まず、生家の畑の畦に五本の棕櫚が植えてあって、時期になると業者がその皮を買い取りに来ていたことである。繊維質の皮を土壁に混ぜたり、縄や刷毛、ホウキ、タワシなどの材料として利用していたのであろう。つぎに思い出すのは、棕櫚の葉を細く裂いて紐にして渋柿に通し、軒下の竿につるして天日干しにしていた子供の頃の光景である。

また、「棕櫚は風が吹くと葉が擦れて音を立てるが、その音が武将の鎧の擦れる音に似ているので、敵が攻めてくる音に通じるため庭木としては嫌われる」と、伯父に言われたことがあった。棕櫚の葉は風が吹くとシャカシャカと音をたて、鎧の音のように聞こえると言うのだが、今は戦国の時代ではないのでことさら気にもとめず、その音を楽しんだくらいであった。

東京上野の東京都美術館で伊藤若冲の『動植綵絵展』を観たときの「思い出」もある。『棕櫚雄鶏図』の背後に意味不明の黒い物体が描かれていた。不思議に思い美術館に照会すると学芸員は、棕櫚の表皮ではないだろうかとの答えであったが、表皮とは明らかに違う。いまだに若冲は何を描きたかったのであろうかと疑問である。

棕櫚の「思い出」は次々と頭に浮かんだが、棕櫚について「思う」こととなれば限界があった。これからすると「思う」は棕櫚について専門的な知識の披瀝に終始するしかないのであろう。

随筆は日常茶飯事を題材に、いかに実相を見出すかであるが、それは棕櫚について「思う」ではなく、「思い出」の中にあることを教えられた。

今後、随筆の題材に思い悩んだときは、難解で高尚な「思う」ではなく、「思い出」をたよりに気楽に筆を進めてみよう。

まさに、これこそが随筆の大原則かもしれない。

気晴らしのドライブ

一月は寒い日が続き自宅に籠りがちであったが、二月になるとだんだん寒さも和らいできた。今日は朝から青空が見え日差しも暖かく風もない。こうなるとじっとしておられないのが私の悪い癖である。女房を誘って気晴らしに近郊をドライブすることにした。

ことさら目的がある訳ではないが、とにかく高速道路『しまなみ海道』を走って四国を離れることで一致した。島々に架かる大きな橋を渡り、一時間ほど走ると尾道に着いた。ここから国道二号線を使って福山市まで走った。福山駅近くに福山城があるのは前々から知っていたので、取り敢えず福山城に登ることにした。駐車場からなだらかな坂道と石段を三十分ほど登ると、福山城本丸広場である。

福山城は、徳川家康のいとこ水野勝成が元和五年（一六一九）に築いた十万石の名城である。戦災でほぼ全焼し一九六六年に再建された五層六階の天守閣で、ことに豊臣秀吉の伏見城から移築した三層の伏見櫓と筋鉄御門は、戦火を逃れ当時の姿をとどめ国の重要文化財に指定されている。

天守閣は見上げるほど高く青空に抜きん出て存在感があったが、たまたまアスベスト除去工事のため内部を見ることはできず、本丸広場を散策した。南側城壁の石垣はＪＲ福山駅に隣接しているので、眼下を新幹線の『ひかり』が通過する光景を不思議な感覚で眺めた。たしかに新幹線の駅と城郭が、これほど隣り合っているのは全国的にも珍しいのではないかと思われた。

城山の麓は緑の木々と芝生に覆われた広い公園として整備され、一角にふくやま美術館があった。その玄関口に『絹谷幸二の世界展』の看板があったので覗くことにした。絹谷氏は初めて知る画家であったが、東京芸術大学を卒業し、壁画の文化功労者として著名な画家らしい。

画風は、極彩色の龍や桜の背景に富士山を描くことを得意とするようであった。展示された作品はどれも圧巻であったが、いずれの作品にも大小の富士山が描かれていていたので、むしろうんざりした気持ちになった。富士山は一つで十分である。

次に、市内を車で一巡しバラ公園の脇を通った。福山市の観光といえば、福山城とバラ公園、それに鞆ノ浦である。季節外れでバラの花を見ることはできなかったので、鞆ノ浦まで車を走らせることにした。

鞆ノ浦は、市街地から十五キロほど離れた瀬戸内海に面した小さな港町である。私も何度か訪れているが、歴史的に瀬戸内海航路の潮待ち港として賑わい、狭い路地には江戸時代に建てられた古い家々が今も何軒も残っている。かつて沖合で海援隊の『いろは丸』と紀州藩の船が衝突し、その事後処理に坂本龍馬が活躍したゆかりの地である。

狭い路地を歩いて常夜灯まで行った。そこで遅い昼食を取った。古い民家を改修した喫茶店である。海鮮パスタを注文したが私の口には合わなかった。女房は若い女性好みの味だと完食した。たしかに店内のお客の顔触れは、ほとんどが女性であった。

私は、この鞆ノ浦を訪れると必ず保命酒を購入する。保命酒は、鞆ノ浦で造られていた吉備の旨酒で、それに高麗人参や甘草、桂皮などの薬味十六種類を漬け込んで造られた芳醇な香りと、まろやかな口当たりの薬味酒である。万治二年（一六五九）に大阪の漢方医の子息中村吉兵衛が製造販売を始め、幕末にはペリー提督に提供されたと言われている。その当時の醸造元中村家の、龍の彫刻に囲まれた金文字の大きな保命酒の看板が岡本亀太郎本店に引き継がれ店内に展示されている。一見の価値がある。歴史を感じさせる大きな看板の前で写真に収まり、保命酒三本を買った。実弟と友人の土産である。

やっと帰路についた。陽気に誘われて出掛けた気晴らしのドライブが遠路はるばる広島県の東の端、鞆ノ浦まで足をのばすことになった。ドライブというより一日掛かりの観光となった。ときには目的もなく気の向くまま走り回ることがあってもいいのかもしれない。今日一日の走行距離は四百キロであった。これも高速道路『しまなみ海道』で本州とつながっているからできることである。

かつては、四国は本州とは陸続きではなかった。マイカーで本州を走ることなど考えられなかった。瀬戸内海の島々に架かる大橋のお陰で、島国四国も少しは便利になった。これは子供のころは夢のまた夢であった。社会の発展と技術の進歩に驚くばかりである。

生涯現役

同級生が経営している田舎の喫茶店に久しぶりに立ち寄った。昼食にカレーライスを食べ、食後のコーヒーを飲んだ。ほどなくマスターが現れ、お互いの近況を話し合った。そのときマスターは、「同級生は定年退職し、散歩や図書館通い、卓球やスイミングで呑気な日々を送っているが、自分はいつまで働けばいいのか」また、「みんなは年金で悠々自適の生活をしているが、自分は国民年金なので年金額は知れたものだ」と心境を語った。翌日、散髪屋に行った。主人は私と同世代である。彼は、あちこち体調を崩している。しかし、夫婦で国民年金だけでは生活が出来ないので、この齢がきても働かなければならないと、昨日のマスターと同じようなことを言った。

これらの話を額面通りだとは思わないが、たしかに年金収入の面だけをみれば自営業者は国民年金なのでそうかもしれない。国民年金は満額納付していても年間約八十万円弱で、夫婦あわせて百六十万円である。それから国民健康保険料や介護保険料などを控除されると、各月の受け取り年金額はひとり六万円そこそこである。

一方、同じ年金受給者でも共済や厚生年金に長く加入しておれば各月十五万円程度となり、それに配偶者の国民年金がある。たしかに、この部分だけを比較すると自営業者は厳しいが、自営業者は定年がないとの前提で、国民年金は制度設計されているから止むを得ないのかもしれない。

だれしも他人様の生活を羨ましく思うものである。サラリーマンにとって、手に職がありこの齢がきても働ける自営業者は凄いと思う。ところが、自営業者はいつまで働けばいいのかと不安があり、たえず体調面の心配をしながらの日々である。自分の体力こそが資本だからである。

それからすると、私の義弟は満七十三歳になるがいまだにサラリーマンをしている。もちろん正規の職員ではなく嘱託である。鉄鋼関係の職場を定年退職した後、タオルメーカーで十年に余って勤務している。彼は、会社の倉庫でタオルの出荷や返品の整理をパート職員三人でこなしているようだが、今の職場が性格に合っているのか楽しそうである。近ごろは体力的に多少疲れを感じ、視力もやや落ちてきたが、まだまだ働けると言う。しかし、職場に迷惑を掛けたり役に立たなくなれば即刻、身を引きたいと笑う。

サラリーマンには定年がある。それは年齢的に否応無く決められているが、それを超越した彼の潜在的な力に驚かされる。彼の真面目さと几帳面さがそうさせているのかもしれないが、あくまで宮仕えの身なので間もなく退職のときがくるであろう。

身近で、同じ世代で働いている者はこの三人だけである。私は、五十九歳で国の出先機関を定年退職し、その後、嘱託として関連の職場に十二年間勤務し七十一歳で退職し、この三年間、自由気ままな毎日を送ってきた。

毎日、新聞を隅々まで読み、テレビをポーッと観て、後は散歩と家庭菜園の手入れ、ときに碁敵との対局でうつつを抜かしている。他人様から見れば、呑気でいいなと思われそうだが、現実は厳しいものがある。

在職中は、退職後は自由気ままでバラ色の日々を夢見たが、惰性の日々の連続ではそんな気分には程遠い。毎日が無気力である。何かをしたい。何か社会に貢献したい。何か社会と関わりを持ちたい。このままでは社会から置き去りにされてしまうのでないかと焦燥感に駆られることが再三ある。さればとて今更働く気にもならず、そんな職場もない。

私を含めてそれぞれがそれぞれの日々を送っているが、いずれの生活が理想だと言い切ることはできない。ただ何もすることがなく、惰性で生きている私にとって、仕事で動き回っている者に憧れることがある。

喫茶店のマスターも散髪屋の主人も共通していることは、お互い体調には相当気を付けているようだが、店を開けていると、おのずと旧知と会う機会があり、ことのほか楽しいと言う。まさに社会との関わりである。

とにかく二人とも健康で生涯現役でいて欲しい。そうでなければ、私も新たな散髪屋を見つけなければならず、また、生き抜きができる喫茶店がなくなって淋しくなる。それにしても生涯現役は、サラリーマンの理想かもしれないが、当事者にとっては他人様に理解できない苦労や悩みを抱えているようである。

随筆と私

随筆文化推進協会『随筆にっぽん』の設立十周年を記念した冊子、『随筆と私』が送られてきた。

冊子は仲間の手作りで、三十二名の作者が原稿用紙二枚程度に随筆とのかかわりを取りまとめたものでる。内容的には、それぞれの作者と随筆の出会いを垣間見ることができて興味を引いた。ことに、ほとんどの方が過去に何らかの形で文章教室で文章作成の指導を受けていることである。

だれしも他人様に読んでいただくような作品を完成させるとなれば、自己流の文章では限界があり躊躇がある。そのため各種の文章教室で修業をして作品をものにしているようである。

そういう私も、文芸講座に籍を置き作家神尾久義先生の指導を受けた。それまでは好き勝手に思いつくまま作品を書いていたが、いざ指導を受けてみると、まさに目から鱗で赤恥の極みであった。

初めて作品を添削していただいたとき、原稿用紙全面に朱筆が入り、「こんな書き方もあるのですか……」と厳しい講評であった。少なからず自信のあった作品だけにそのショックは大きく、猛反省をした。

その後、各月二編を目標に作品の添削を受けた。数年経って、「読者を納得させる内容になった」「締めの言葉が見事だ」と、少しはお褒めの言葉をいただけるようになった。それに気を良くして身辺の題材をもとに随筆らしきものを書き続けた。

随筆は、日常茶飯事の見聞や経験、感想などを綴ればいいので一見簡単そうだが、いざ筆を持つとなかなか一筋縄ではいかない。随筆は日記と似ているが根本的な違いがある。日記は他人様に見せるものではないが、随筆は他人様に読んで貰ってはじめてその真価が分かるのである。そのため随筆は他人様が読んで、理解し納得し感動や共感を与える内容でなければならない。そこに難しさがある。

神尾先生は言っておられた。随筆は物事を多面的に捉えなければならない。上から眺め、下から眺め、横から、斜めから眺めて、その本質をいかに描写するかである。草花や石でもそれらが話しかけてくるようになるまで眺めなければならない。まさに物事の真実の姿、実相を捉えなければならないとの教えである。

先生の教えはまだまだある。文章は他人様が読んで理解できるものでなければならない。いくら格調高く立派な文章でも他人様が理解できなければ意味がない。そのため文章は、平易な言葉を使うべきである。ことさら難しい漢字を使う必要はない。だらだら長い文章では主語と動詞の関係が分からなくなる恐れがあり、句読点を的確に使いこなさなければならない。

あわせて、作品は一度声を出して通読することである。そのことによって文章の不自然な流れに気付くことがある。ことに誤字脱字はもちろん助詞や副詞、接続語の誤りを発見するにはこれに限る。また、完成した作品は、第三者の目にさらすことも忘れてはならない。女房でも友人でもいい。作者の単なる思い違いや勘違い、表現上の過ちを発見するために是非とも必要なことである。そして、第三者の意見には素直に耳を傾けなければならない。一般読者は、そのように誤解して読んでしまう危険性があるからである。

これらの教えが、私の随筆とのかかわりであり、作品作りで注意を払っている点であるが、理屈で理解していてもなかなか満足できる作品は書けない。ことに題材さがしには日々苦労している。

私の文章修業で今まで一番心に響いた先生の言葉は、「物書きは自分の著書を一冊持つと世の中が違って見えます」であった。

私は、その言葉を真に受けて拙著『小さな親切』を上梓した。その結果、まさに先生の言っていたとおりだと実感させられたことがある。

拙著を友人や知人にお渡ししたが、書店の店頭にも並べられた。見ず知らずの方が購入してくださり、それらの方々からさまざまな読後の感想をいただいた。そのほとんどが好意的な内容なので安堵し嬉しくなった。

まだまだ文章修業の途中で苦心惨憺しているが、随筆の妙味に取り付かれたことは確かである。今後も物事を肩肘張らずに自然体で眺め、それが持つ真実の姿を見極めたい。

禅僧の書籍

書店で書籍を物色していると禅僧の書籍が目にとまり、著者のプロフィールと「まえがき」を読んだ。

それによると、人生はくよくよしても始まらない。もっと気楽に生きるべきだ。そのためには、日々の生活に仏教の教えを取り入れてみてはどうかと書いてあった。私も古希を過ぎ人生これでいいのか、このままじっとしていていいのかと、少なからず悶々とした日々を送っていたので、この書籍を読めば多少悩みも薄らぐのではないかと購入した。

書籍の内容は四章編成で各章に十項目の生きるヒントが解説してあった。なるほどそうだと読み始めたが、どうしたことか何か違和感があった。なぜだろうと考えたが分からない。そのうち、今読み終えた項目と、その前に読んだ項目の文章のリズムが余りにも違うことに気が付いた。

著者は書籍の執筆にあたって、表現方法や文章の流れ、その構成に独特な癖を持っているはずである。ところが、この禅僧の書籍にはその癖が感じられない。それぞれの項目の文章の流れに統一性がないことに気が付いた。不思議に思って書籍の奥付を見た。

もちろん禅僧の名前は著者として記されているが、小さな活字で本著プロジェクトチームとして四十七名の名前が列記されていた。まさに驚きである。一冊の書籍を完成させるためには何人もの人手がいることは理解しているが、ここまで沢山の方々が必要であろうか。ことに、編集担当者の数は編集総括をはじめ総勢十四名である。

私は、日ごろ道楽で随筆を書き、その原稿が一定量たまると拙著として上梓しているが、その編集担当者はごく限られた数名だけである。そしてその方の名前を奥付に書くことはない。ところが、この禅僧の書籍には編集を担当した個人の名前が堂々と標記されている。それはその方々が、書籍の出版にあたって相当大きな役割を果たしていたからであろう。むしろ編集担当の方々は、単なる編集者ではなく各項目を分担して記述したのではないかと邪推したくなるくらいである。

それならば各項目に違和感があり、文脈のリズムが不統一でも何の不思議もないことである。これからすると、この書籍は禅僧が執筆したというよりは、各編集者の共著の感じがしてならなかった。当然、引き続いて読む気はなくなり即刻手放してしまった。

その数日後であった。コンビニの書棚でまた禅僧の書籍が目に入った。先のことが頭をよぎり手に取ることを一瞬躊躇したが、あえて数ページ立ち読みした。あわせて奥付の著者名を見たが禅僧の名前だけで、編集担当者などの名前はだれひとり記していなかった。

この書籍なら先の書籍と違って、著者の禅僧が執筆したものではないか。そうであって欲しいと願いながら購入した。それは、『禅シンプル生活のすすめ』、著者は曹洞宗徳雄山建功寺住職桝野俊明である。

書籍の内容は、「習慣」をちょっと変える。ものの「見方」を変える。人との「関わり方」を変える。今「この瞬間」を変える。この四章編成でそれぞれの章には三十項目ほど細分化した解説がなされていた。

それらの解説は、いずれも六百字ほどの短文で読みやすく納得させられる内容であった。もちろん各項目の文章のリズムは前著と違って統一されていた。書籍はこれであって欲しいのである。

書籍は、著者の思いの丈を表現したものでなければならない。だれが記述したか分からないような文章を羅列したのでは読者に失礼である。

読者は書籍の購入にあたって何かを期待しているのである。そのため著者のプロフィールや「まえがき」、目次などを参考にするしかないが、せめて書籍の内容だけは、著者自らが心血を注いだものであって欲しい。

しかし、現実はそんな願いも届かず、先の例ではないがチーム編成で作成したような書籍が溢れているのではないだろうか。ことに著名人や芸能人の名前を冠した書籍に、そんなことを感じさせられることが再三あり、誠に腹立たしく残念でならない。

新型コロナウイルス

令和二年二月、我が国は新型コロナウイルスの話題で持ちきりである。テレビや新聞は毎日のように新たな感染者数や死亡者数を報道し、私たちに手洗いの励行とマスクの着用を促している。ことに、多くの人が集まる各種の行事は中止となり、学校なども臨時休校し、企業の一部にはテレワークや時差出勤の措置を取る状況になった。

何とか早急な終息を願って止まないが一筋縄ではいかないようである。政府も、その対応の基本方針を発表し感染の封じ込めに必死である。中国武漢市で端を発した病巣は、今や日本だけではなく世界規模のものとなってしまった。

私は四国の片田舎で生活しているが、今のところ四国に感染者がいないと発表されているので安堵しているものの、寄ると触るとウイルスの話である。

そんなとき、近くの神社さんの観梅会に友人と出掛けた。ウイルスの関係で来訪者は例年より少ないであろうと思ったが、予想以上の人出に驚かされた。空は晴れ渡り日差しは暖かく風もない。外出には願ってもない天候である。誰しもウイルス報道の不安と、憂鬱な日々から一瞬でも解放されたいのであろう。

拝殿では道真忌の祭典が執り行われていた。この綱敷天満宮は菅原道真公をお祀りしているのだから当然である。社伝によると道真公が太宰府に左遷され、瀬戸内海を九州に向かっていたとき当地の沖合で時化に合い海岸に漂着した。それを見つけた浦人が、船の綱を巻いてゴザとして道真公をもてなしたことに由来するとのことである。

絵馬堂で、飴湯のご接待があったので頂戴し梅園に向かった。広い松林の中にある梅園は、四百本の梅の木々が白やピンク、紅の花をつけている。やや満開の盛りは過ぎていたが梅の芳醇な香りはほのかに漂っていた。観光バスも三台停まり大勢の来訪者である。夫婦や若いカップル、家族連れなどでごった返していた。なかには車座になって楽しげに弁当を食べている集団もいる。いずれの顔も晴れやかで、そこには、新型ウイルスのことは頭にないかのように梅の開花を待ち望んでいた庶民の喜びがあった。

梅園を一巡したのでお茶会に出席した。煎茶光輝流の茶席で、会場は清風館の畳の大広間である。席亭の話を聞きながら一煎のお茶とお菓子を戴き、窓越しに眺める梅の花は風情があった。

次は、我が家で囲碁の対局である。自宅を出る前に、拙宅の座敷に碁盤と碁石を配置し、いつでも対局できるように準備はしておいた。

友人は、今まで何度も対局した碁敵である。しかし、今日はいつもの対局と違うはずである。拝殿で祈願し、梅園を散策し、煎茶を戴き、何ともいえぬ優雅な気持ちになっての対局だからである。姑息な石は打てない。無気力な石は打てない。勝敗はさておき、なるほどと納得できる石を打ちたいと思った。結果は二勝二負であった。

今日一日、梅の花を鑑賞しその香りに酔い、お茶席で、その味を楽しみ厳粛で静寂の一時に身を置いた。また、囲碁の対局と変化に富んだ有意義な一日で、ウイルスのことはすっかり忘れていた。

ところが、夕方テレビを観るとウイルス関係のニュースで、現実に引き戻された。新たな感染者が北海道と奈良県に出たという。あわせて、株価は大幅な下落となり、宿泊客の激減で倒産したホテルもあるという。

感染症の学者や医師は、いろいろの解説をしているものの、現時点で感染予防の特効薬はなく、当面の対策は不要不急の外出自粛、手洗いの励行とマスク着用以外に方法はないとのことである。

新型コロナウイルスといわれるだけに、今まで地球上で発見されていなかった新たなウイルスなので専門家も手が打てないのであろう。しかし、このままこのウイルスが未来永劫蔓延するとは思わない。時間の経過とともに自然に沈静化するかもしれないが、専門家は必ずそれに打ち勝つ新薬や治療方法を開発してくれるであろう。これこそが、今日まで人類が生き延びてきた歴史である。

それまで私たちは、もどかしいが『手洗いとマスクの着用』で不安な日々を送るしかないのである。

遺産の処分

ＪＲ伊予西条駅まで徒歩五分の所に一戸建の家がある。敷地面積三十四坪、建坪二十三坪の全面南向きの築六十年の平屋建である。立地は商店街やスーパー、市役所や銀行なども程近く日常生活には好都合の場所である。ところが、この家は公道から十三メートルほど狭い路地を通らなければならず自動車を横付け出来ない弱点がある。老夫婦が生活するには便利であるが、自動車を持つ者にとっては不便この上ない家である。

この家は女房の実家である。義父は二十年前に、義母は十年前に亡くなった。女房は一人娘なので、その家を遺産として相続したのである。両親の亡くなった当座は別宅が出来たとばかりに再三利用していたが、数年経つと一切立ち寄らなくなった。何度か借家の申し出もあったが、将来的に面倒なことになるのを恐れお断りをしてきた。

そこで実家を処分しようと考えた。そのため当面は家の内部の物品を取り出す作業に取り掛かった。しかし、老夫婦が住んでいたため、物持ちがよく各部屋は足の踏み場もないほどいろいろな物が溢れていた。まず事始めに廊下の小山に積んだ物から手をつけた。いずれもお祝い返しにいただいた品々で、タオルや洗剤、花瓶や食器の類いである。それにしても、養父母はこれほど多くの方々と付き合いがあったのかと感心させられた。次に、押し入れやタンスの中の品々、台所用品などを乗用車に積み込み我が家まで運び、家庭用ゴミとして処分した。今治市の我が家と実家を、何年も掛けて三十回ほどは往復したであろう。

最後に冷蔵庫や洗濯機、タンスやテーブルなどの大型家具は、息子と妹夫婦の力を借りて二日がかりで処分場まで運んでもらった。やっと、これで家財道具をはじめ無造作に置かれた品々はすべてなくなり、ガランとした空き家になった。しかし、家を他人様にお貸しする気はなかった。また隣接の宅地の方も買い増しする意向はなかった。そうなると家屋を取り壊す以外にないので、数軒の業者にあたったが、進入路がないとのことで色好い返事をしてくれなかった。

そのため空き家は放置したまま一年が経過した。防犯上も何とか解体しなければならないと悩みは尽きなかった。広い進入路さえあればと考えるが、現実の厳しさを思い知らされるのである。もちろん、車さえ横付けできれば自由に売買もできるであろうし、空き家を取り除いた更地《さらち》は駐車場として利用出来るのだが。いくら両親の遺産といっても、今ではむしろ負の遺産である。

六十年前に建てた家である。当時はこんな車社会になるとはだれも予想しなかったはずである。生活に便利な市街地の中心に家を構えるのも決して不思議ではなかったと思われる。両親のその判断が、今日となっては私達の悩みの種となったのである。ときおり女房と、その処分方法について話し合うが妙案が思い浮かばないままであった。ただ、これは私達夫婦で解決しなければならず、息子には引き継がないようにしようと一致していた。そうはいってもなかなかの難問で進展がないまま、何とかしなければと気だけが急いた。ときには、夜間に寝ていて急に思い出し眠れなくなることも再三あった。

そんなときであった。市役所の資産税課から固定資産税納税通知書が女房宛に送られてきた。それに『空き家バンク登録』のパンフレットが同封されていた。瞬時にこれだと思った。さっそく市役所に電話を入れた。もちろん空き家バンクの登録ではなく、空き家を解体する方法について聞きたかったからである。その結果、空き家の解体は、だれでも出来るわけではないことを知らされた。あわせて『建設リサイクル法の届出に基づく解体業者名簿』を送ってもらった。

その名簿によると西条市内の十六業者の名前が記載されていた。その中から、女房の実家に一番近い業者に電話を入れた。

私が家の解体を依頼し立地場所を伝えると、業者は実家の周辺を知っているようで、「重機は入らないですね」と即座に言った。私は、一番心配していることを言われたのでドキッとしたが、何とか解体してほしいと丁重にお願いした。業者は、現地を見てから再度連絡しますと電話を切った。

一週間程待つと業者から返事があった。「重機が入らないので手作業で解体しなければなりません。そのため費用は割高になります」と、解体見積費用百七十万円を提示された。私は、解体に百五十万円程度は必要だろうと目論んでいたが、一瞬そんなに高いのかと驚いた。しかし、今までの取り越し苦労を考えると差額二十万円は安いものだとその場で了解し、解体をお願いすることにした。

これで、永年の悩みが解決するのかと嬉しくなった。後は資金の調達だが何とかなるだろうと気楽に考えることにした。まさに、金銭の問題ではなかった。

その翌月、空き家は跡形もなく解体されて更地になった。私は大きな荷物を下ろしたように安堵したが、女房は感慨深げに溜め息をついていた。当面は売買は一切考えずそのまま放置しておこう。更地なら、だれにも迷惑を掛けることもないであろう。もし、近所の方々が、家庭菜園で利用したいとの申し出があれば自由に使ってもらって結構である。永年の懸案が解決したのだから……。

Ⅲ

男の居場所

男は、職を持っている間は仕事にかこつけて家庭を返り見ない。ところが、退職すると家庭に籠り、もぬけの殻となり何をするでもなく家庭内でゴロゴロし粗大ごみと化してしまう。

誰しも退職すれば趣味で時間をつぶせばいいと呑気にかまえているが、そんな生易しいものではない。趣味は、時間をやり繰りしながら楽しむもので、持て余す時間で趣味に興じても感動は薄い。旅行やゴルフ、散歩、マージャン、パチンコ、図書館通い、ドライブいずれもしかりである。

私は退職時に、菜園いじりと囲碁敵との対局、下手な物書きで十分時間はつぶせると考えていたが、それも一年であった。何事も今日しなくても明日すればいいと、ついつい億劫になり動きが鈍い。

それにくらべ女房は、炊事洗濯、掃除と家事を次々とこなし、暇になるとスイミングやエアロビクス、女子会と忙しそうに走り回っている。女房は、定年がないから何年もかけて、家事と余暇の過ごし方を身につけているのである。ところが男は、残念ながら永年職場に拘束され、余暇を楽しむ習慣が身についていない。その癖が、身体に染みついているので自由時間を有効に活用する方法を知らず、自宅に籠りテレビを観ながら惰性の日々を過ごすのである。自宅に閉じこもっていると、ついつい女房に無気力な醜態をさらすことになる。それでは男の沽券にかかわるとばかりに、何とかしようとするがなかなか妙案は見つからない。

私のその対策の一つは、喫茶店通いである。出掛ける喫茶店は、いずれも自宅の近くで車で十分以内で行ける。喫茶店はそれぞれ雰囲気が違う。隣町にある国道沿いの喫茶店はとにかくコーヒーが美味である。マスターとは顔見知りなので世間話をよくする。ここを訪れるときは読みかけの書籍を持参して読書をするか、書き上げた原稿の校正をする。店内に多少のざわつきはあるが不思議と集中できるのである。

次は、海の見える喫茶店である。瀬戸内海の来島海峡を一望できるところにある。ここでは、ただ海を眺めるだけで何もしない。来島海峡に架かる海峡大橋の下を往来する大きな船を眺めていると、日々の雑事を忘れてしまう。来島海峡の流れは速く白波を立てて渦潮が巻く。小さな漁船が危なげに喘ぎ喘ぎ進むが鯛の漁場である。

三店めは、住宅地にある全国チェーンの店である。座る席も決めている。座席数は沢山あって大掛かりな店である。ここは友人と会うときに使う。先客のいない限り、一番奥の隅の席である。ここなら会話で多少の声を出しても他人様に迷惑をかけることがないからである。ただコーヒーの味はやや劣るのでホットミルクを注文することが多い。

四店めは、今治城が見える喫茶店である。店内の調度品は焦げ茶色に統一され重厚な雰囲気を醸し、昔ながらの喫茶店でコーヒーの味も抜群である。ここでは週刊誌を読み各種の新聞に目を通す。ときおり窓越しに今治城を眺めると、時間がゆっくりと過ぎて行く感じである。

五店めは、自宅の側のレストランを兼ねた喫茶店である。歩いて三分のところにある。オーナーは子供のころから知っている。とにかくハンバーグの定食が美味しい。昼食時は満席の盛況で、その時間帯を外して遅い昼食を取ることがある。ときに早朝モーニングを食べ、また自宅で何もすることがないときはコーヒーを飲みに行ったりと結構重宝している。

これらの喫茶店に、何かと顔を出して息抜きをしているが、その日の気分によって行く店が違う。喫茶店は特定せず、いろいろな店をのぞく方が気分転換になる。

退職した男の居場所は、とにかく自宅から抜け出して外出することである。外出もドライブや散歩も結構だが、それだけでは物足りない。やはり喫茶店で芳醇なコーヒーの香りを楽しむのが最良である。

結果的に、私にとって一週間に二度ほどいずれかの喫茶店に出掛けるが、今ではそこが心休まる居場所となってしまった。ときに女房は、「今日は喫茶店に行かないの……」と催促がましく言うこともある。私が自宅にいると目障りなのであろう。存外、永年連れ添った夫婦とはそんなものかもしれない。

男の居場所を確保するためなら、喫茶店の代金、月一万円程度は安い出費である。

ぼやきの名将

『ぼやきの名将』、これはプロ野球の野村克也さんの呼称である。その野村さんが令和二年二月十一日虚血性心不全でお亡くなりになった。誠に残念で心よりお悔やみを申し上げます。

もちろん野村さんに一面識もないが、なぜかプロ野球界にとって大きな宝を失ったような感じになった。私は熱狂的なプロ野球ファンではない。まして特定のチームを応援するでもなく、土地柄広島が近いので広島カープの勝敗がなんとなく気になる程度である。

プロ野球選手といえば、長島茂雄と王貞治があまりにも有名だが、記録的にはこの野村克也もそれに匹敵する名選手であり名監督であった。

野村克也は南海ホークス（現ソフトバンク）に入団し、三年目から正捕手のポジションにつき、その後は生涯一捕手として活躍した。その間の記録は、戦後初の三冠王、本塁打王九回、首位打者一回、打点王七回、ダイヤモンドクラブ賞一回、ベストナイン十九回などあらゆるタイトルを獲得した。四十五歳で現役を引退し、その後は野球解説者や監督となった。ことに、ヤクルトの監督では四度のリーグ優勝、三度の日本一を成し遂げた。

また、名言やぼやきを得意とした。ことに有名な言葉は、

『王や長島がヒマワリなら、オレはひっそりと日本海に咲く月見草』

これは南海時代に六百本の通算本塁打を打ったとき、担当記者にぼやいた言葉で、当時のパリーグは人気がなく大観衆の前でプレーする巨人の選手とは天と地の差があった。そのときの心境を言ったものである。

『マー君、神の子、不思議な子』

楽天の監督時代、新人だった田中将大は打たれても、打撃が援護して勝ちが転がり込むことがよくあった。試合後の会見でテレビカメラの前で、思わずこの言葉が口から出た。

マー君はどんなときでも一生懸命投げ、打たれると悔しがる。そんな姿を見て打者が援護した。やはり必死の姿勢は周りに伝わるのであろう。

これらは、的を射た見事なぼやきで、さすが『ぼやきの名将』といわれる所以である。それならばと、以前一読したことのある『野村克也100の言葉』（宝島社）を今一度読み返してみた。それには実践的野球論や勝負の機微、人間関係の築き方、能力の伸ばし方、リーダーに求められるものなど、幅広く蘊蓄のあるぼやきや名言と、それに関係する逸話が述べられていた。そのなかで心打たれるものを再度噛み締めてみた。

『ぼやきは永遠なり』

現役時代は、ささやき戦術を取っていたので、「ささやきの野村」と呼ばれていたが、ヤクルトの監督になって「ぼやきの野村」になった。捕手をやっていたので、こんな性格になったのだと思う。ぼやきは理想の高さと現実のギャップから出る。勝ってぼやき、負けてぼやき、私がぼやかないようになったらご臨終である。

『人間が絶対勝てないものは時代と年齢』

楽天の監督を首になったとき、球団から「監督も七十四歳ですからねえ」と肩たたきされた。私は、「だから何だ……」と言い返したものの、四十代の球団幹部には理解されなかった。

現役も五十歳まで続けたかったが、周囲の「辞めろ」という雰囲気に負け、四十五歳のときユニホームを脱いだ。日本に「年寄り引っ込め」の風潮があるのは困ったものだ。

『育てたのではなく、巡り合っただけ』

よく「○○選手を育てた」という表現をされるが、これは間違いで指導者の一人よがりである。「育てた」ではなく「巡り合った」が正しい表現だろう。ヤンキースの田中将大やヤクルトの古田敦也は「巡り合った」のだ。もちろん才能のある選手が順調に育っていくように、正しい指導と間違った方向に進まないように目を光らせなければいけない。選手が感謝してくれればこのうえない喜びだが、私が自分で育てた選手など、一人もいない。

『組織はリーダーの力量以上には伸びない』

この言葉を常に頭に置き、監督として自分自身のレベルアップに努めてきた。トップが成長し、それにふさわしい器にならなければ、いいチームは作れないし、チームも強くならない。自分を高めるため本を読み自分を磨いた。本は知識の宝庫でる。キャンプや遠征先の部屋で本を読みあさった。

『言葉を持たない指導者など何者でもない』

選手指導で、重視するのはミーティングである。どんな野球を目指しているかを選手に伝えるために、リーダーは表現力を磨き、説得力がなければならない。信頼を得るために選手より一歩先を行き、野球論や技術論、一般社会論を話し社会人としての教育にも力を注いだ。ミーティングではちょっと洒落たことを言わないと、選手は胸を打たないし感動もしない。監督は日々勉強である。

まだまだ、珠玉のぼやきや名言ばかりである。感心しながら著書を読み終えた。読後の感想は、なるほどと納得させられることばかりで単なるぼやきではない。それはいずれも実体験に基づいた重みのある理論である。

今までプロ野球界でこれほど真っ当な理論を兼ね備えた選手や監督が他にいたであろうか。おそらく今後も現れないであろう。まさに偉大なプロ野球人のご逝去である。心からご冥福をお祈り申し上げます。

文章の添削

ときに、文芸仲間から作品の添削を依頼されることがある。私は、他人様の作品の善し悪しを判断するほどの文章力は持ち合わせていないので辞退するが、やむなく引き受ける羽目になる。

まず、作品全体を音読する。よどみなく読めればいいのだが、読めないときは誤字や脱字、副詞の使い方に問題があり再検討すべき場合である。

次に作品の、「こと」や「思う」の使用頻度、文末の同一言葉の多用などに配慮しながら添削する。

「こと」について

この言葉は限りなく少ない方がいい。なぜならこの「こと」は意味がない言葉であるからである。ところが、「こと」を加えると何となく落ち着いた文章になったと勘違いする危険性がある。

非常に便利な言葉だけについつい多用してしまう。長い語句の後に「こと」を付ければ、そこまでを単語のように扱えるからである。しかし、「こと」を使い過ぎると複雑な文章になってしまうので、「こと」を削ったり、別の言葉に置き換えて単純な文章にする工夫をすべきである。

この「こと」に頼っているうちは、洗練された文章にはならない。文章は無駄を省くべきで、不要な「こと」は極力使わない方がいい。

「思う」について

文中に「思う」という言葉を多用している場合がある。ことに「思う」で締めくくる文章は、断定を避けた逃げの言葉なので別の表現ができないか再考すべきである。

「思う」は、置き換える言葉があれば迷わず置き換えるべきである。どうしても、ほかの言葉に置き換えられないときに限って泣く泣く用いるくらいである。

「思う」と似た言葉の「考える」を、ときに使うことがあるがこの両者は基本的に違う。「思う」は確かな根拠がないときに使う。そのため「思う」を多用すると、読者は裏付けがない記述だと判断してしまう。

一方、「考える」は、根拠に基づいて導き出したときに使う。「思う」と違って「考える」には一定の信頼性がある。ところがこの「考える」と「思う」を無神経に混同して使っている事例が多いので注意すべきである。

文末の同一言葉について

文末が「……ました」「……あった」のように過去形の同じ言葉が繰り返される文章は好ましくない。音読すると単調で、文章の内容そのものに変化がないからである。

過去の出来事だけを羅列すれば、「……ました」の過去形になるが、注釈や感想などを加えると、文末は「……です」や「……ある」の現在形になる。

文末に変化を付けることによって文章に深みが出てくる。文末が単調な場合は文章の内容も単調になりがちなので、過去の出来事だけを長々と書き綴っていないか今一度確かめるべきである。

これら三点に注意を払いながら添削をするのだが、他人様の文章はそれぞれ個性があって一筋縄ではいかない。ましてや「て・に・を・は」などの助詞の使い方に至っては際限がない。

私も日ごろ随筆らしきものを書いているが、読者を納得させる完璧な文章はなかなか書けない。

文章は書き手の思いをいかに読者に伝えるかである。そのため簡単に読めて誤解や誤読のおそれのない文章にすべきである。

読後の感想で、「面白かった」「参考になった」「納得した」と、言われる文章を目指したいのだがそんな名文はそうそう書けるものではない。

先日のことである。俳句専門の雑誌に拙文『読めない俳句』が掲載された。

その随筆の要旨は、「近ごろ解読できない難しい文字や言葉を使った俳句が目に付くが、これでは門外漢の者にとって俳句は敬遠される。せめて難しい漢字にはルビを付け、難解な言葉には解説を付けるべきだ。御託を並べて鑑賞する俳句は御免なさいである。古来から一読できてすぐ情景が思い浮かぶ有名な俳句がいくらもあるのに……」

この拙文に、多くの反響があり驚かされた。それも日頃から俳句を嗜んでいる方々からの賛同の声である。これからみると、私の拙文も一定の評価を戴いたのだと嬉しくなった。

文章は、読者に感動を与えなければ意味がない。また、添削もさることながら、読者を納得させる内容を秘めたものでなければならない。そのため物書きは、日頃から物事を多面的に捉え、自らの知識と人間性の向上を求められるが、これらに勝る的確な方法はないであろう。

生き延びる

健康診断の結果、肺ガンの精密検査を受けるようにとの指示があった。

そのため近くの病院で肺のＣＴ検査を受けた。診断の結果、「肺は異常ありませんが、脾臓が腫れていますので血液検査をします」とのことであった。

翌日、血液検査の結果が判明した。それによると白血球の数値が異常に高いので愛媛県立今治病院の血液内科を紹介しますとのことであった。

紹介状を持って県立病院を訪れた。再度ＣＴ検査と血液検査で、骨髄線維症の疑いがあると診断され愛媛大学付属病院を紹介された。

指定された日に大学病院を訪れた。さすが大きな病院である。どこをどう進んでいいのか見当がつかないので総合案内所に行った。医師の紹介状を見せると、受付に案内された。そこで健康保険証などの確認を受け、内科の診察室の前に連れて行かれた。

しばらく待つと、診察室に入るように促された。五十歳前後の優しそうな医師であった。まず問診である。私は、食欲不振、気力低下、脱力感、不眠などの症状を訴えた。

血液採取と骨髄の組織採取をして一日目の診察は終わった。その一週間後、再度大学病院を訪れた。先日の各検査の結果、骨髄線維症であるとの診断が下された。医師から今後の治療方針と病状の説明があり、輸血を受け投薬を処方されて診察は終わった。

そのとき医師より手渡された骨髄線維症を解説した冊子によると、『私たちは出生後から十歳代くらいまでは全身の骨の骨髄で造血が行われているが、二十歳前後からは、体の中心部にある胸や腰の骨などの限定された骨髄で、造血が行われるようになる。

骨髄線維症は、胸や腰などの骨の中にある柔らかい骨髄が固くなり、骨髄本来の働きである正常な血液をつくることができなくなる病気である。骨髄で造血ができなくなると、かわりに脾臓や肝臓で造血が行われるようになり、これを髄外造血と呼び、髄外造血が起こると、脾臓や肝臓に腫れがおこる。この病気の治療は、薬物療法として内服薬（ジャック阻害剤）の投与をはじめ骨髄移植、輸血療法、放射線療法などがある』となっていた。

また、厳しいことも記してあった。『生存期間について、この病気に該当する全員のうち半分の人が生存している期間は三年七カ月と報告されているが、現在は治療が日々進歩し、各治療によって生存期間が報告されているとおりになっていない。あわせて、これはあくまで治療を決める目安である』と気休めのような付記もあった。

医師から薬物療法を申し渡され、ジャック阻害剤を二週間分処方された。一日に朝夕四錠ずつ飲むとのことである。

この薬は白い小さな錠剤で高価だと聞かされていたが、薬局で交付された明細書によると一錠が三、六〇〇円である。

この高価な薬を翌日午前七時に初めて四錠飲んだ。また夕方七時に四錠飲んだ。薬の効能は脾臓の腫れをおさえ、骨髄の造血作用を改善するとのことである。それにしても一日の薬代が約三万円である。全額自己負担ならば即刻破産だが、高額医療制度のお陰でありがたいことに急場は凌げそうである。

二日目、三日目と祈る気持ちで錠剤を飲んだが効果はない。ここ二か月ほどは、まともに食事は摂れていない。いずれの食物も口にすると苦くて喉を通らない。毎日が脱力感で気力はなく体重も四キロ減って手足や顔は、しわだらけになった。

いつも何げなく食べているものが食べられない。これほど苦痛なことはない。生きている心地がしない。このまま命が絶えるのではないかと思い悩んだ。食べたいが食べられない。悶々とした不安な日々が続いた。生きていくためには、とにかく食物の摂取が必要だがどうにもならない。人の死とは存外こんなものかもしれない。体力の衰え、まさに栄養不足による体力の衰弱によってである。

不安で心細い日々である。女房は何とか食べさせようと、食事をいろいろ工夫するがほとんど受け付けない。この間、命をつないでいたのは牛乳とミカンそしてリンゴであった。生き延びたいがその気力もだんだん萎え、薬の効果を期待していたが即効性はなかった。とにかく食べられない。女房の料理も一口箸を付ける程度である。朝食のみそ汁や白米のご飯ですら拒絶してしまう状態である。

薬を飲み始めた五日目であった。不思議と空腹を感じた。牛乳を飲んだ。トーストも口にした。昼食はうどん屋をのぞき違和感なく完食できた。夕食はおでんを食べた。食事がこれほど美味しいものかと感激し涙が出た。

医師は、「脾臓が胃を圧迫しているので、今は食事がとれていないと思いますが、薬で脾臓の腫れは治まり食事は摂れるようになります」と、おっしゃったがそのとおりになった。投薬の効果である。まさに生き延びたと実感して嬉しくなった。

しかし、そうそう簡単な病気ではない。全国的にも罹病者は数少ない難病である。問題は、薬の効果が骨髄の造血作用を改善できるかである。次の診察でその状況は、一定の診断が下されるであろう。

食事がとれず、いったいどうなるのかと不安な日々であったが、当面は生き延びたようである。今後は、不安もあるが、取り越し苦労はほどほどに、平穏で呑気な日々を送りたい。

一度は死を意識した身だから……。

庭木（肉桂）の剪定

肉桂《にっけい》の剪定五万円也。肉桂はクスノキ科の常緑高木で、野山に自生し庭木としては不向きである。

この五万円は、わが家の肉桂の剪定を植木業者に依頼したとき見積もられた金額であるが、いくらなんでも高すぎると思った。なんとか安くして欲しいと交渉した結果、渋々四万円で手を打ったものの驚くしかなかった。

わが家の裏庭に肉桂が一本ある。小さな苗木を植えて四十年になる。今では幹周り一メートルで樹高も八メートルほどに生育し、緑の葉が繁った巨木である。庭木もここまで大きくなると夏場は日陰になり、辺り一面に芳醇な香りが漂い格好の涼み場所として再三利用している。しかし、狭い庭なのでなんとかしなければならないという悩みもあった。ことに台風などの強風が吹くと小枝は折れ、木全体が大きく揺れ、もしや隣家の庭に倒れ込みはしないかと心配をするが、あまりの樹高で素人の手にはおえない。

そのため剪定を業者にお願いしているが、前回までの費用は二万円であったのに今回に限って異常な高額を提示してきた。それにしても四万円はあまりにも高すぎて納得できなかった。

作業当日、朝早く高所作業車と二人の職人が訪れた。二時間ほどで剪定作業はいとも簡単に終了した。樹高も五メートルほどに切り詰められ、今後強風に煽られても倒れることはないと思うが、この作業が四万円もかかるのかと言いたかった。もちろん高所作業車は業者所有でレンタルではない。

それから数日経った。令和元年九月九日台風十五号が千葉市付近に上陸した。関東に上陸した台風としては過去最強クラスで首都圏などで記録的な暴風を観測し、建物の倒壊や死傷者も相次ぎ、ＪＲなどが始発から計画運休をしたため交通機関も大きく乱れた。

テレビはその被害の大きさを報道していたが、交通機関のマヒによる駅の大混雑、道路の冠水や水没した車、電柱や街路樹の倒壊などいずれも生々しかった。

その数日後、私の知人が東京足立区に住んでいるので見舞いの電話をいれた。まず、彼の元気な声を聞き安堵した。

彼は、「隣の家の大きな桜の庭木が強風で倒れ、わが家の屋根に覆いかぶさり一時は騒然となった。そのときは何事が起きたのかと家人と驚き慌てたが、いまではその倒木も取り除かれ、屋根瓦が数十枚ずれ落ち軒が少し壊れた程度であった」「まさか桜が倒れるとは思いもよらなかったが、あの強風に耐えられなかったのであろう。毎年きれいな花を咲かせ、窓越しに眺める桜は見事であったが、背の高い庭木は考え物だ」と残念そうに言った。

彼のこの話を聞いて、庭木が倒れて隣家に迷惑を掛けることが如何に大変なことかと思い知らされた。わが家の肉桂も放置すればこの桜の二の舞いになるのかもしれないとゾッとした。隣人に迷惑を掛けることを考えれば今回の四万円も諦めるしかないのかもしれない。それにしても、庭木一本の剪定にしてはあまりにも高すぎる。

業者は、素人ではどうにも対応できないことを見越して吹っかけた値段ではなかろうか。例えば、道路にわが家の肉桂と同じくらいの街路樹がたくさん植えられているが、これらの剪定を考えれば分かることである。十本の街路樹で四十万円、百本で四百万円、そんな大金を払ってだれが剪定を依頼するであろうか。まったく馬鹿げた値段であると言うしかない。

庭木は街路樹と違って特に丁寧な作業をしなければならない、高所作業車を使わなければならず、切り落とした枝の処分も大変だと業者は御託を並べるが、そんなことはいずれも当然のことである。

次回の剪定は、おそらく他の業者にお願いすることになると思う。今回の業者は長いお付き合いをしてきたが、なんでこんな法外な値段を見積もったのか理解に苦しむ。わが家を得意先として細々と長々に儲けて貰えれば良かったのに……。

家族葬

「叔父の容体が急変した」と電話連絡があった。

私が大腸ガン検診を終えて、喫茶店で朝食を取っていたときであった。昼過ぎに行きますと答えたが、何か胸騒ぎがした。モーニングを食べコーヒーを飲んだが落ち着かず、その場から病院へ車を走らせた。

叔父が入院している病院は松山市内なので一時間ほどかかった。病室に入ると奥さんと娘さん、いとこ夫婦がいた。ベッドに横たわる叔父の顔を覗き込むと、閉じていた目を大きく開き、口元は微かに動いたが声は聞き取れなかった。その十分後、心電図の画像は微動だにしなくなり医師と看護師が駆けつけたが、ついにご臨終となった。

叔父は、若い頃は公務員として勤めていたが、早期退職して司法書士となり八十歳まで働いた。その後は、大学の授業を聴講したり、囲碁や俳句を楽しんでいた。家族は奥さんと一人娘、二人の孫夫婦、ひ孫二人である。

叔父は私の母親の実弟で、子供の頃からいろいろ可愛がってくれた。今でも、年に数回ご自宅にお邪魔していたが、叔父は、「もしものときは家族葬にすること。娘の敬子を助けてほしい」と、口癖のように言っていた。


その後しばらくすると、葬儀社の方が来て遺体を葬祭会館に移動した。その会館は叔父が生前予約していたので物事は順調に進んだ。

翌日の夕方お通夜、翌々日は葬儀となった。この間、参列者は叔父の申し置きのとおり、ごく身近な者だけで、叔父の家族と、おい・めい夫婦が中心で合計二十六名の顔なじみである。他人様は一人も参列していないので何の気兼もいらず、無用の心くばりは不要であった。参列者全員で火葬場に赴き荼毘に立ち会ったが、いずれの参列者も叔父の思い出に浸り、穏やかな会話を交わしながら骨上げを待った。

私は、遺言どおり家族葬で叔父を見送ることができて安堵した。あわせて、葬儀はこれでいいし、これに限るとつくづく思った。そばにいた女房も同感のようであった。

葬儀の形式はいろいろある。著名な方になると参列者でごった返すが、一般の方の葬儀でも、結構な参列者がいることがある。もちろん、遺族の数にもよるが、故人が在職中であった、あるいは不慮の事故死のときなどである。

喪主は、参列者が沢山になるとほとんどの方を知らないのが現実である。そのため他人様に必要以上の気を使い、故人を悼み心静かに天国に送り届けることなど到底できない状態になる。多くの参列者で立派な葬儀ができたと思いがちであるが、無用の心配で疲れ切り、故人の思い出に浸り悲しむ余裕などないであろう。

叔父は享年九十二で亡くなった。学生時代の同級生や職場の仲間や同僚もほとんどが亡くなり、また、住んでいるのが五十年前にできた団地で、ご近所の各家も代替わりし、旧知はいなくなった。こんな状況なので叔父の選択した家族葬は当を得たものであった。

かつて葬儀は各家庭で執り行われ、そこから出棺していたが、今はそれらを葬祭会館で代行し、ご近所の方々も訃報を知らないうちに葬儀が済まされることがある。先日も、私の団地で、長期間入院していた方がお亡くなりになったが、我々に何の連絡もないまま家族だけで葬儀を終えたとのことであった。

こんな時代になったのかもしれない。家族の数も少なくなり、近所付き合いも希薄になったのはもちろんだが、他人様にご迷惑を掛けたくないとの心理が強く働くのであろう。いずれにしても第三者は、遺族から連絡がない限りその訃報を知る術はなく、対応のしようがないのである。

さて、私も古希を過ぎ、自らの最期を考えなければならないときが近づいた。私は、叔父と同じように親しい親族だけで見送ってもらって充分である。他人様にいくら参列していただいても私は一切分からないのだし、ましてや遺族がいらぬ気苦労をする必要はないのである。

ただ、四人だけには個別に連絡してほしいと伝えて置きたい。以前の職場の同僚二人と団地内のTさんとMさん、ともに人生を楽しんだ仲間だから……。

落語『枝雀十八番』

若いころは漫才を聞くのが好きであった。ところが、歳を重ねると落語の方が良くなった。

漫才で笑い転げるのもいいが、最近の漫才はテンポが速すぎて語彙もはっきりせず、ドンチャン騒ぎを見せられているようで感心しない。それからすると落語はいい。じっくり筋道を立てて語りかける話芸に惚れ惚れする。ことに古典落語はいい。

桂枝雀六日間連続独演会『枝雀十八番』のテープを九本持っている。古いテープなのでネットで手に入れたものである。

このテープは、枝雀が大阪サンケイホールで、昭和五十六年十月一日から六日間連続で演じた独演会を収録した古典落語十八話である。だれしも古典落語といえば、『目黒のサンマ』『饅頭怖い』『親子酒』『芝浜』『夏の医者』『寝床』などを思い浮かべ、その話の粗筋は知っている。たしかにこの枝雀のテープにも『親子酒』と『夏の医者』『寝床』が収録されおり、古典落語の神髄を堪能させてくれるが、これら以外で私が気に入ったのは、『鴻池の犬』と『壷算』である。

『鴻池の犬』は、大阪の商家の玄関口に三匹の子犬が捨てられていた。当初は三匹ともその商家で飼われていたが、そのうち一匹は豪商鴻池に引き取られ、他の一匹は車の事故に巻き込まれて亡くなった。

残った一匹は引き続いて商家で飼われていたが、月日が経つにつれ犬も自由気ままになり盗み食いをするようになった。そのため商家では、その犬を遠くに連れて行って捨ててしまった。ところが、犬はそのことに気が付かず、二日間かけて必死の思いで商家に帰り着くも、そこで主人の心変わりを思い知らされ、やむなく野良犬となった。

一方、鴻池の犬は贅沢三昧の生活で、船場の犬仲間の大将になっていた。あるとき散歩をしていると野良犬と出会い、その生い立ちを聞くとお互い兄弟であることが分かった。鴻池の犬は、仲間の犬に野良犬は弟であることを紹介し、有らん限りの御馳走で振る舞った。兄弟の犬のそれぞれの運命と、慈愛に満ちた兄弟愛を垣間見ることができる、涙の物語である。

『壷算』は、長屋住まいの二人の男が瀬戸物屋に壷を買いに行くが、一人はずる賢く口の立つ男で、店主に壷を安く売るようにと面白おかしく理屈をこねて掛け合う様子を描いた話である。

当初から大きい壷を買うことを目指していたが、まず小さい壷を三円で買って二人で持って帰る。その途中、急に店に引き返し大きい壷が欲しかったが間違ったので、この小さい壷を引き取って貰って大きい壷が欲しいという。

大きい壷は六円である。普通なら小さな壷を返して三円支払えば決着が付くのだが、ここから男の理屈が始まり話は佳境に入る。男は、先に三円支払った。それに三円の小さな壷を引き取ると六円になるので、大きい壷を貰って帰ると言う。店主は、男の言葉巧みな理屈に翻弄されて根負けしてしまう。

まさに、抱腹絶倒で笑った笑った笑い転げた。ずる賢い男の「思うツボだ……」のサゲで話は終わる。

いずれの演目も枝雀の見事な話芸である。近ごろは何となく創作落語が主流となり古典落語は敬遠されがちだが、枝雀の話芸は古典の型を保ちながら現代にも通じる新鮮な感覚で聴衆に訴える凄さがある。話のテンポがいい。声の高低がいい。心に沁みる語りがいい。話の流れに動と静がある。

枝雀は、享年五十九の若さで逝去されたが、今ご存命なら八十歳、ますます円熟した話芸を披露しているであろうに……。

『カンカラコモデケア』

先日、文芸関係の会合に出席した。その席上、審査委員長を務められた文芸春秋の和賀正樹氏が選評の中で次のような話をされた。

「私が学生時代に毎日新聞社の著名な記者山崎宗次さんから、新聞のエッセイのコツは、『カンカラコモデケア』で、

カン＝ 感動したことを

カラ＝ カラフルに

コ ＝ 今日性をもたせ

モ ＝ 物語性充分に

デ ＝ データ（資料）を書き込み

ケ ＝ 決意を込め

ア　＝　明るくまとめる

だと教わった。以来、呪文のように唱えています」

なるほどそうだと納得させられた。私も日ごろ、随筆らしきものを書いているので心すべきである。

随筆は日常茶飯事を書き綴ればいいのだが、平凡な日々を送っていると、なかなか題材が見当たらない。適当な題材に巡り合うと嬉しくなるが、随筆に虚構は馴染まないので、題材選びにはいつも苦労する。小説ならば虚構であっても何の問題もなく、内容的に面白おかしく、明るく楽しく、またデータなどを盛り込んで物語風に書くことも可能である。しかし、随筆は見聞や経験、感想などを綴ったものなので、ともすれば自宅にこもって頭の中だけで考えがちになるが、それでは過去の体験や子どものころの思い出話になってしまい今日的な題材から掛け離れてしまう。

今日的な題材を求めるならば、新聞や書籍を読み、テレビのニュースなどを取り上げればいいのだが、それらのほとんどが一過性の事例で普遍性に欠ける。そのため旅に出て都会の空気を吸い、また物見遊山で観光地を散策する。あるいは友と語って情報を収集する。

ときには、一人で自然の中に身を置くなどの努力が求められるのである。これらいろいろな方法で思いを巡らせるが、満足できる題材は簡単に見つからず、ああでもないこうでもないと苦悩してやっと手に入れるのである。

その題材を、表記した『カンカラコモデケア』の物差しに合わせてみると、すべての点で合致するのは稀である。

私は毎月、同人誌に作品を発表しているが、締め切り近くになって作品が完成していないと、ついつい未完成の駄作を提出することになり赤恥をかくこともある。

先日、『郵便法違反』なる作品を同人誌に掲載した。それは郵便法第四条三項では、「運送業者等は他人のために信書の送達をしてはならない。ただし、貨物に添付する無封の添え状や送り状はこの限りでない」となっている。そのため故人の満中陰の法要を終えて、お礼として送る品物に添付する手紙は、封緘されていないので郵便法違反に当たらない、との内容であった。

ところが、その作品をお読みいただいた方から、同人誌の事務局に抗議の手紙が届いた。それによると、いくら無封でも手紙は許されず、許されるのはあくまで添え状と送り状なので、次号の同人誌に訂正文の掲載を求められた。

なお、その手紙には郵便法関係の詳細な資料が同封されていた。その資料は一般には目にすることのない内容であったので、おそらく読者は、郵政の関係に携わっている方であろうと思われた。

私も、ご指摘を無視することはできず、郵便局に赴き見解を伺った。その結果、あきらかに私の表記ミスであることが分かったので次号に訂正文を載せた。

これは、『カンカラコモデケア』でいうデータの書き込み部分を誤ったためである。もう少し郵便法を正確に理解して表記すべきであったと反省し、ご指摘くださった読者に感謝した。

作品を活字にすると見ず知らずの方の目に留まり、お叱りや有り難い感想をいただくことが再三ある。そこに作品を書く楽しみがある。

いつの日か、『カンカラコモデケア』のすべてを満たし、読者の心に響く作品をものにしたいのだが……。

忘年会

職場を定年退職して十三年になる。在職中は十二月になると毎週のように忘年会に参加していたが、今ではそんな機会もほとんどなくなった。それも職場のＯＢや同僚との付き合いが希薄になっているのだから仕方のないことである。

そんななかで今だに続いている忘年会がある。それは職場の御用納めに同僚三人が、一年間の労をねぎらって寿司屋で酒を飲んだのが始まりである。それが四十年余って続き、今もだれ言うことなく十二月になると寿司屋に集まるのである。

今は三人とも職を持っていないので、日程は御用納めの日とは限らず十二月の適当な日である。寿司屋の大将も例年のことだと当然のように迎えてくれる。

まず、お互いの健康に感謝して乾杯である。後は寿司をつまみながら近況報告となるが、近ごろの話題は先輩方の訃報や自らの病院通いなどである。これも古希を過ぎると止むを得ないのかもしれない。

現職のときは、この寿司屋で十分酔ってスナックを数軒ハシゴし、酔い潰れて午前様で帰宅していたが、今は寿司を数貫つまみ少しばかり酔って、あとはホテルの展望スナックで水割りを一杯飲む程度である。

この三人の忘年会もいつまで続くのであろうか。何より三人が健康でなければならない。もし一人でも欠ければ淋しいものになってしまうであろう。

あわせて、寿司屋の大将も健康でなければならない。大将は私たちよりいくらか年長で、市内の本格的な寿司屋の一番古いのれんを守っている。ことにこの店のアナゴの握りは抜群である。甘辛いタレのかかったアナゴをほうばると口一杯に美味さが広がる。何貫食べても飽きることなく、ついつい手が伸び酒が進む。私はトロやウニ、エビやイクラよりアナゴが好きである。

アナゴの握りは大将の自慢で、単にアナゴを煮て焼くだけの簡単な調理と違って、何日もかけて仕込んだ秘伝の逸品である。

大将が元気でのれんを守っている限り、私たち三人はこの店に通い続けるであろう。いつまでも健康で頑張って欲しい。私たち三人のためにも……。

今年も十二月二十三日夕方六時に寿司屋で落ち合うことになっている。寿司屋の大将を筆頭にみんなが元気で一年を過ごしたことに感謝である。この三人の忘年会が一年のけじめである。お互いが気質を知っているので、楽しく美酒に酔うことができる唯一の忘年会である。

そんなとき、公民館から自治会長の忘年会の案内があった。私が地区の自治会長をしているからである。ただ案内文に参加希望者が半数を越えた場合に開催するとの一文が付記されていた。

私は、取り敢えず参加する旨の連絡した。ところが、数日たって参加希望者が少ないため忘年会は中止するとの知らせがあった。昨年も同じように希望者が少ないので中止となった経過がある。

なぜ、希望者が少ないのであろうか。会費二千円が高すぎるのか。気心の分からない者と飲食をしたくないのか。会場の居酒屋に問題があるのか。理由はともあれ、各自治会長が同席して一年間の苦労をねぎらうべきでないのかと残念でならない。

この結果は、公民館の努力不足によるものだと思われる。一枚の忘年会案内の書類だけでそうそう人の心は動かない。公民館は日頃の会議や活動の機会を利用して積極的な呼びかけが必要である。そのことによって、自治会長間の親睦は深まり公民館との距離も縮まって、あらゆる活動に前向きに取り組むようになるのだが、このままではおざなりな自治会活動に終始するであろう。公民館も何年もこんな状況を繰り返すことなく再考すべきである。

いずれにしても、忘年会は腹蔵なく愉快でなければならない。また、参加者が何の気兼ねもなく参加できることである。公民館の忘年会は今年も中止となったが、四十年に余って続いている三人の忘年会は、本当に凄いことだと改めて感心した。

大晦日

今日は令和元年の大晦日、正月を迎える準備をすべて終え何もすることがなかった。前日までは、玄関回りや庭の掃除、窓ガラスふき、神棚の清掃、蛍光灯の交換など多忙であったが一息ついた感じである。

それではと、暇つぶしにカツオのタタキを食べに高知に行くことにした。自宅を午前十時前に車で出発し、松山自動車道と高知自動車道の高速道路を走って二時間で高知に着いた。目的地は『ひろめ市場』である。

ここは高知城の近くにあり、高知の郷土料理をはじめいろいろな食材が揃った飲食店や鮮魚店、精肉店、土産店、雑貨店など六十店舗ほどが集まった商業施設である。しかし、どちらかというと客席数が四百三十席もある大型の居酒屋である。

大晦日なので、客足も少ないであろうと思ったが、意に反して先客で溢れんばかりである。観光客や地元の方々、家族連れや同僚仲間などが思い思いの料理を前に楽しげに酒やビールに酔っていた。

しばらく待って座席を確保しカツオのタタキとギョウザを注文したが、いずれも先客が店頭に長い列を作っているので、すぐ食べられる状況ではなかった。その間、各店の小エビのテンプラ、おでん、鳥の唐揚げなどを買って、食べながらその出来上がりを待った。

この『ひろめ市場』はかつては高知城の家老・弘人蕃頴《ひろめしげあき》の屋敷跡で敷地面積は千三百坪と広く、建物は二階建、一階は各店舗で二階と屋上が百八十台の駐車場である。

高知県は観光地にこと欠かない。坂本龍馬の銅像がある桂浜、高知城、足摺岬、室戸岬、四国霊場三十一番札所竹林寺、はりまや橋、龍河洞、牧野植物園など列挙すれば限がないが、この『ひろめ市場』も観光客を集める観光拠点である。立地的にも市街地の中心で日曜市で有名な大手筋に面しているので申し分ない。

カツオのタタキとギョウザが出来上がった。私たちは女房と息子の三人であるが、座席は六人が相席で、テーブルを挟んだ前の三席には若い女性と熊本県から来た男性、そして初老の男性であった。

初めての方々との相席であるが、お互い自由に会話ができる雰囲気である。私たちは、ここは何度も訪れているので、その要領は理解しているが、熊本からの男性は異様な活気に驚き女性の指示に従っていた。初老の男性は、地元の方でカツオのタタキと焼き鳥を肴にビールを旨そうに飲んでいたが、週に三回は来るという。とにかく料理が安くて旨い。また雰囲気がいいと自慢する。

まったくその通りである。私もこんな自由で楽しい雰囲気の居酒屋は他には知らない。まさに、高知の土地柄がそうさせるのであろう。

カツオのタタキとギョウザは絶品である。その味に舌鼓を打って席を空けることにした。相席の若い女性と、「またね」と気楽に言葉を交わして別れると、すかさず次の客が席を確保しにきた。

『ひろめ市場』を出ると商店街である。鮮魚店、八百屋、肉屋、乾物屋、和菓子屋などが軒を連ねている。どの店も正月用品を店頭に並べ、声をからして最後の売り込みに必死であった。

わが家では昨日までに必要な物は買い揃えているので、店頭を見て回るだけである。やや疲れたので喫茶店で休憩しようと数店をのぞいたがいずれも満席で入れなかった。そのため仕方なく商店街に置かれたベンチでコンビニのコーヒーを飲んだ。

その前を、多くの人々が手に一杯の荷物を持って、急ぎ足で通り過ぎる。ことに和菓子屋の店頭では餅を購入する人が途切れなかった。

子供のころは各家庭で餅つきをした。それが師走の風物詩であったが、今では各家庭で餅をつくことはほとんどなくなった。お節料理とあわせてスーパーで購入する。味気ないといえばそれまでだが便利になったものである。

明日は正月、初詣ではどんなお願いをするか。ことさら大願の世代でもあるまい。家内安全と自らの健康を祈願するしかないであろう。

Ⅳ

相思相愛

「相思相愛」とは、お互いに慕い合うことで、一般的には男女の仲に使われる言葉であるが、私たちと桜の関係も同じような気がする。

毎年三月になるとテレビは毎日のように各地の桜の開花時期を予測して報道する。それにつられて私たちは期待に胸を膨らませるのが年中行事である。

三月も下旬になると桜の名所は開花となる。その後、四月には満開で花見弁当を持参し酒を酌み交わしながら桜を堪能するのである。いずれの桜の名所も職場の同僚や家族づれ、趣味の仲間などが車座になって桜を楽しみながら春の訪れを体感するのが通例である。ことにボンボリの明かりの下での夜桜は風情がある。

ところが今年は違った。新型コロナウイルスの影響で桜との相思相愛の関係は断ち切られた。四月七日、政府が緊急事態宣言を発令し、不要不急の外出は自粛し自宅待機を強いたからである。発令は東京都をはじめ七都府県であるが、地方の愛媛県でも密閉、密集、密接の禁止と自宅待機を求められたのである。こうなると花見どころではない。毎日のように新たなウイルス感染者数の報道を聞かされるとますます行動が鈍り、自宅に籠る以外にはないのである。

今年も、まさに桜花爛漫である。しかし、だれ一人として花見に行こうとはしない。まったく淋しい限りである。桜には罪はない。私たちにも罪はないので花見を楽しみたいのだが世情はそれを許さない。桜と私たちの相思相愛の関係を、無残に引き裂いたのは新型コロナウイルスである。

今年の花見がこんなことになるとは、だれが予測したであろうか。だれしも春の訪れを喜び、満開の桜を見て新たな希望に胸を膨らませるのである。満開の桜はそんな力を持っている。

私は、桜が必死に咲いているのに、このままではあまりにも可哀想と思い、近郊の桜の名所三か所を車で見て廻った。いずれも花見客はごく数名で、弁当を食べている者など一人もいない。桜を一瞬眺めると足早に立ち去ってしまう。桜も例年どおり必死に咲き誇っているのに無念であろう。桜は相思相愛で私たちを待っているのに、私たちはそれに目もくれない。まさに片思いの状態である。

そんな状況下、四月十二日、当地方は強い風雨で満開の桜はすべて散ってしまった。桜と私たちの異常な関係に大ナタが下されたのである。こうなると今年の桜に未練はあるが、来年の桜に期待するしかないのである。

桜と私たちの関係は、お互いが慕い集う関係にある。花には梅やツツジ、桃、チュリップ、芝桜などいろいろあるが桜ほど華やかでインパクトを与えるものはない。だれしも桜の開花を待ち望みその満開に心躍らせる。ことに新入生の入学を祝い、年度替わりの私たちの心を奮い立たせる。桜は全力で見てくれとばかりに咲き誇る。それに応えて私たちは花の下に集い会食と談笑を楽しむのである。

桜ほど潔い花はない。満開になって一週間ほどで散ってしまう。それが私たちの心を捉えて離さないのであろう。今年の桜も、例年どおり私たちを慕って満開になった。しかし、私たちはそれを受け止める余裕がなく片思いで終わった。何とも不可解な新型のウイルスに対応する術がなかったからである。

桜もこれに懲りることなく、来年も今年と同じように咲き誇ってもらいたい。いくら脅威の新型コロナウイルスでも来年の開花時期には収まっているであろう。その時は、また例年のように相思相愛で桜の花を堪能したい。今年も、その思いは十分あったが片思いになったことを心から詫びるしかない。

同人誌

平成二十一年九月、我が国唯一の随筆専門誌「月刊ずいひつ」を発刊していた日本随筆家協会が、会長兼編集長の突然のご逝去で三十三年間の歩みに幕を閉じた。私は、この協会に十年間ほどお世話になり物書きの指導を受けた。

その後、会員の有志はこのまま随筆文化の灯を消してはならないと、いくたびも協議した結果、随筆文化推進協会を設立し、同人誌「随筆にっぽん」を発刊することになった。しかし、会員の中にはそれには満足できない人もおり、もう一つの団体、文芸家の会「架け橋」を立ち上げ、同人誌「架け橋」の発刊となった。

私は、どちらの団体に加入すればいいのだろうかと少し迷ったが、思案の末に二つの団体に加入することにした。なぜなら作品を発表する機会が多い方がいいからである。

「随筆にっぽん」は年二回、「架け橋」は年四回の発刊であるが、それぞれ今日まで約十年間定期的に発刊を続けてきた。同人誌発刊のスタートは華々しいが、数巻で終わるのがほとんどで、ここまで発刊を続けてきたことに驚き、関係者の努力に感謝するしかない。私は毎号の同人誌に駄作の随筆を掲載してきた。二つの同人誌はスタート時はともに随筆に軸足をおいていた。しかし、「随筆にっぽん」は発会の趣旨にそって随筆が中心だが、「架け橋」はやがて、俳句と文芸を合わせたものとなり、どちらかといえば俳句の紙面が多くなった。

今後この二つの同人誌がどのようになっていくのであろうか。未来永劫発刊し続ければいいのだが、なかなかそうはいくまい。ことに主宰が独自の個性で編集や校正を担当している場合は、主宰の健康面が影響するであろう。

「架け橋」は、主宰の卓越した文学的才能とその人脈に拠るところが大きく、主宰にもしものことがあれば大変である。日本随筆家協会ではないが廃刊の運命をたどるのではないかと思われる。主宰は齢八十一である。いつもは年齢を感じさせないほどお元気で、精力的に活動されているのでまだまだ大丈夫であろうが、少なからず心配はある。さればとて会員の中に、主宰の後を引き継ぐほどの人材はまだ育っていないのが誠に残念である。

それと比較して、「随筆にっぽん」は編集体勢を数人で組み、編集長を配して発刊しているのでその心配は当面ないであろう。

物書きは作品を完成させて、それを発表する場が欲しいのである。私は、ときに新聞や雑誌に作品を発表する機会はあるが、定期的に作品を掲載しているのは、この二冊の同人誌なので大事にしたい。これらに掲載し、少なからず反響のあった作品を一冊の随筆集に取りまとめるのである。

おかげで、私はこの二十年間で随筆集を七冊上梓することができた。あわせて一冊の電子書籍を持つことができた。素人の私がこんなにたくさんの書籍を上梓するなど思いもよらないことであるが、もとをただせば、ご指導いただいた日本随筆家協会の編集長、作家神尾久義先生のアドバイスがあったからである。

十五年ほど前のことである。神尾先生に東京銀座の喫茶店で初めてお目にかかった。そのとき先生は、「作品が相当できたでしょう。私も協力しますから一冊の本にしましょう。物書きは、一冊の著書を持つと世の中が違って見えます」とおっしゃった。

私は、その言葉を真に受けて、それまで先生にご指導いただいた赤ペンの入った作品を取りまとめて拙著『小さな親切』を上梓した。

その反響は、想像以上に大きかった。友人知人はもちろん、見ず知らずの方々から、好意的な読後の感想をいただいた。まさに、これこそが先生のおっしゃった『世の中が違って見えます』だと実感した。


これからすると物書きは、なんとしても作品を世の中に出すべきである。そうしないと独りよがりの作品でも気が付かないことがある。作品は第三者の目にさらすことによって、はじめてその善し悪しが分かるのである。

私のその手段は、この二冊の同人誌に作品を発表することである。この同人誌もいつまで発刊されるか一抹の不安はあるが、発刊される限り私は作品を掲載し続けたい。作品を第三者の目にさらす最良の方策であるから……。

自宅に籠る

職を辞して自宅に籠りがちになった。これといってすることは見当たらず、ことさら会う必要がある人もいないからである。

退職した当時は、職場から解放された嬉しさで、観光地を旅し、毎日のように近郊の名所旧跡を訪れ、友人知人との語らいなどで自宅にいることはなかった。ところがそんな生活も二年ほど続けると飽きてきた。それに体調を崩したことも重なり一層出不精になった。

まさに毎日が社会と疎遠になった状態で、惰性の日々を過ごしているのである。毎朝目を覚ましてもすることを思いつかない。時間だけはたっぷりあるので新聞を隅から隅まで読み、次に家庭菜園を見て回り、小さな庭に水まきをするのが日課となった。後は週に一回程度の碁敵との対局である。

半年前までは、これらに合わせて趣味で随筆らしきものを書いていたが、このところ思うように筆が進まない。作品ができない焦燥感で気が急くこともあるがどうにもならない。以前は作品の題材が、次々と思い浮かんだのにと不思議でならない。ただ答えは、はっきりしていた。社会から掛け離れた生活を送っているからである。

随筆は、ノンフィクションで作り話や虚構ではない。実体験した見聞や経験の中に潜んでいる実相をいかに見出すかである。自宅に籠って、ああでもない、こうでもない、と思いを巡らした事例は随筆の題材としてなじまないのは当然である。

作家の先生方は、取材旅行はもちろんだが、主に部屋に籠って資料をもとに作品を書くというが、それはフィクションだからできるのであろう。ノンフィクションは頭でいくら構想を練っても、それでは作品として完成しない。実体験にもとづくものでなければならないからである。

そのためには、物見遊山で各地に出掛ける。友と語る。興味本位でいろいろなことを体験する以外にないのである。ただ自宅に籠って、じっと待っていたのでは物事は進まない。積極的に外に向かって行動を起こすことである。

そうと決まれば実践するしかないと思い立った。近々七泊八日でスイスを旅行する友と、二人だけの壮行会をすることにした。

場所は寿司屋である。もちろん回転寿司ではなく大将が目の前でにぎる本格的な寿司屋である。その店は行きつけの寿司屋でアナゴのにぎりが抜群に美味である。夕方七時に二人でのれんをくぐった。

旅行の無事を祈念して生ビールで乾杯した。近ごろ飲食店でビールを飲む機会がなかったのでことのほか喉越しが良かった。ビールがこんなに旨いものかと思った。自宅でいくら冷えたビールを飲んでもこの味ではない。やはり雰囲気が味を作るのである。

彼は、かつての職場の同僚で、海外旅行を趣味としている。アメリカ、中国、韓国、アジアの各国をはじめ、スペインに高校時代の同級生が住んでいるので、ヨーロッパも数回訪れている。とにかく身が軽く、思いついたら一人で出掛けるほど外国旅行に馴れている。ただ、その反面おもしろいことに、日本各地の観光には興味がなく、ほとんど足を運んでいない。

彼のように、世界の各国を旅していれば、随筆の題材はその気になれば無尽蔵にあるだろうと羨ましい限りである。時々彼は、旅行の思い出を語ることがあるが、それを文章で残して置けば立派な紀行文になるのだが、その動きはなく誠に残念でならない。

次の水曜日、高知県の足摺方面の『道の駅巡り』をしようと、女房から提案があった。私は、足摺方面と聞いただけで尻込みした。四国の最南端で、今治市の自宅から三〇〇キロほど離れた遠隔の地である。自動車を走らせて六時間はかかるであろう。

しかし、女房は四万十市内のホテルを予約できたと前向きで、それも清流四万十川の側だという。ここまで物事が進むと後へは引けず同行することに決めた。

足摺方面は、四国霊場巡りをしていたころ数回お邪魔したが、そのときは各札所にたどり着くのがやっとで観光どころではなかった。今回は、女房の口車に乗って自宅籠りから抜け出し、ゆっくり足摺周辺を観光しながら、地場産の食材を味わってみよう。そして、最後の清流四万十川の雄大な流れに酔ってみよう。

あわせて、随筆の題材に巡り合うことを期待して……。

耳鳴り

耳の内部でかすかに不快な音がしていたが、日中はいろいろの音に紛れ、なんとか我慢できた。

夕方、いつものように入浴し夕食を摂った。その後、テレビを観ながら女房と雑談をしていたときは、耳鳴りのことはすっかり忘れていた。ところが、寝室に入って床に就くと違和感があった。右耳の奥でドクドクと小さな音が連続して聞こえる。それはまさに浜辺に打ち寄せる波のようであった。眠ろうと目を閉じたが寝付けない。加齢がこんな体調の変化をもたらすのであろうか。この辛さは、いっそのこと一切右耳が聞こえない方が楽かもしれないと思うくらいであった。

昼間は我慢できたはずなのに、静かな寝室では堪えられず、抜け出して再度テレビをつけると落ち着いた。しばらく経って、また寝床に入ったが眠れない。今後この嫌な音と付き合うしかないのかと不安が過った。明日は、耳鼻科を受診するしかないと決めたものの眠れない。

そこで考えた。耳の奥で波打つような音がするのだから、浜辺の波打ち際に行けばなんとかなるだろうと、車を運転して海岸の近くに出掛けた。

浜辺に打ち寄せる波の波長と耳鳴りの波長が見事に一致した。ここなら眠れるかもしれないと車を停め座席を後ろに倒して横になった。腕時計を見ると深夜十二時四十分であった。このまま、朝までここで過ごそうとウトウトしていると眠ってしまった。

目が醒めたのは翌朝の六時半であった。耳鳴りが治まっていることを期待したが、鈍い雑音は続いていた。普段は耳の存在など気にもとめず生活しているのに、異常に右耳が気になった。考えれば考えるほど頭がおかしくなる。ときに高齢の方から耳鳴りの悩みを聞くことがあるが、毎日こんな苦労と付き合っているのかと思い知らされた。

朝早く、待ち兼ねて耳鼻科医院を訪れた。おそらく加齢によるものですと、診断されることも覚悟して……。

受付で症状を訊ねられたので、右耳の奥で波打つような音が続いている。また、左耳は深部に耳毛が生えているのか、ときおりガザガザと音がすると答えた。しばらく待合室で待っていると診察室に入るように呼ばれた。

医師の問診では受付で話したような症状を訴えた。医師はすかさず左耳を覗き込み、細い棒のようなものを手に持って耳の穴に突っ込んだ。即座にこれが入っていましたと、一センチほどの髪の毛を取り出した。次ぎに右耳の穴や喉の奥を覗き、両肩や首の筋肉を触った。その後、別室で鼓膜と聴力の検査を受けた。再度診察室に戻ると医師の診断となった。医師は、「これは肩凝りが原因の耳鳴りです。肩凝りにはビタミン剤が効果的なので飲んでください」「鼓膜には異常はありません。聴力は低音部は年相応ですが、高音部は四十代です」「まもなく耳鳴りも治まります。良からぬ心配は無用です」と言われた。

素人の私にも分かりやすい診断であった。たしかに、耳鳴りがした前日は家庭菜園の作業に熱中した。サツマイモを取り除きその跡地にタマネギの苗三百本、イチゴの苗を二十株植え付けた。その後、やや疲れ気味で右肩に痛みはあったが、野菜の苗を植えた菜園を眺めていると無性に嬉しかった。

耳鳴りの原因が、この肩凝りだと診断されて一安心である。もし、「お齢ですから……」などと診断されると、この不快な耳鳴りと生涯付き合うのかと思うだけでゾッとした。

七日分の投薬（メコバラミン錠５００）と肩凝り体操のパンフレットを貰って医院を後にした。投薬は朝昼夜に一錠ずつの服用である。早速、一錠飲んだ。続いて昼、夜と飲んだ。肩凝り体操もした。それほど即効性があるとは思えないが、その夜はなんとか眠ることができた。医師の『心配無用』の言葉が、心の拠りどころになったのである。

翌朝、目を覚ますと耳鳴りは不思議なくらい落ち着いていた。医師の的確な診断に改めて驚かされた。

私たちは、体調に不具合が起こると、その部位の存在が異常に頭から離れなくなり、良からぬ結果ばかりを連想しがちである。

医師の『心配無用』は勇気をくれた。それにしても若いころの体力とは違うのだと自覚すべきだった。家庭菜園の作業に一日中没頭するなど以っての外である。いくら菜園の魅力に取りつかれても無理は禁物である。焦ることはない、自由時間はたっぷりあるのだから……。

サツマイモ

家庭菜園でサツマイモを掘った。あまりの豊作に驚いた。サツマイモは地下茎なので、いくらツルが伸び葉が生い茂っていても掘り起こしてみなければ、それが豊作か不作か分からないからである。

何年もサツマイモを作っているが、これほど見事に出来たことはなかった。掘って小山に積んだサツマイモを眺めていると、例年と同じようにホームセンターで購入したイモのツル（紅あずま）を植え付けただけなのに、なぜ今年はこれほど豊作であったのかと考えさせられた。

サツマイモの栽培は、肥料と水やりは当然だが、ツル返しをしなければならないと言われている。このツル返しによって養分がツルや葉に取られることなく地下茎に溜まり、イモを大きくするのである。今年もツル返しは二度おこなった。

今年のツル返しの作業で、例年と違ったことは長く伸びたツルが邪魔なので、それらを適当な長さで切り取り葉が茂らないようにした。このツルの切り取り作業が豊作につながったのかもしれないと思った。確信は持てないままだが来年この方法を試してみればはっきりすることである。いずれにしても自慢したくなるほど今年のサツマイモは豊作であった。

あまりにも見事なサツマイモなので近所の方々に差し上げると、だれしも異口同音に立派なサツマイモだと褒めてくれた。それからしても、驚くほどの出来栄えであったことは確かである。

この大きく形の揃ったズシリと重いサツマイモを手に取ると、子供の頃を思い出した。生家は農家であったのでサツマイモを栽培していた。そのサツマイモを掘り始めるのは運動会時分と決まっていた。初めて掘ったイモは運動会のおやつとして母親が持参するのが恒例で、その年の初物のイモに家族で舌鼓を打った。

その後は毎日のように、学校から帰ると釜にイモが蒸されていた。兄弟五人は我先にと食べたものである。

母親は、「父ちゃんの分は残して置いて……」といつも言っていたが、時にはすべてを食べてしまい、母親は慌てて再度イモを蒸すこともあった。それほど兄弟で蒸しイモを食べた。それしかおやつはなかったのである。それで空腹も満たしたのである。

また、干しイモも美味しかった。サツマイモを蒸して薄く切って天日で干した物である。その甘さと飴色の輝きは堪えられなかった。甘い物が不足していた頃なので、干し上がるのを待ち兼ねて食べた記憶がある。

あれほど食べた蒸しイモや干しイモを、今ではほとんど口にしなくなった。小さな焼きイモを一つか二つ食べるくらいである。贅沢といえば贅沢であるが、いくらでも甘いお菓子が溢れているので仕方がないことである。

かつてサツマイモは主食の一つであったが、食卓に並べられることは少なくなった。時折食べるのはイモ粥か、てんぷら程度になってしまった。

ただ女房の自慢料理の一つに、サイコロ状のサツマイモと八つ切りにしたリンゴにバターと砂糖を載せ、それを銀紙で包みオーブンで過熱した物がある。正式な料理名は分からぬままに、勝手に『イモリンゴ』と言っているが結構美味である。サツマイモの甘さとリンゴの酸味がほどよく調和し、ご飯のおかずになる。また酒のつまみにもなる。わが家で最高のサツマイモ料理である。

今、私が管理している菜園は四十坪ほどで、そこに時々の野菜を植え付けている。大根、キャベツ、ブロッコリー、白菜、落花生、キュウリ、いちご、カリフラワー、ナス、ネギ、春菊、人参、ピーマンなどである。

これらのほとんどは、地表に出ている部分を見れば豊作かどうかすぐ分かるが、落花生だけは掘り起こして判断するしかない。ほどなく取り入れとなる落花生、サツマイモと同様に豊作であって欲しい。菜園いじりが一層楽しくなるから……。

紅葉狩り

自宅近くのお寺に紅葉狩りに出掛けた。その寺院は二十キロほど離れたところにある通称西山興隆寺である。

毎年、紅葉の季節になるとテレビやラジオで連日のようにその見ごろを放送するので、ついついその気にさせられた。

寺院の正式名称は仏法山低眼院興隆寺で真言宗醍醐派の別格本山である。また四国霊場別格十番札所でもある。皇極元年（六四二）空鉢上人の創建で、その後、行基菩薩や弘法大師空海も御入山し桓武天皇の勅願寺となった。歴代の松山藩主や小松藩主の尊崇を得て護持された西条市内の古刹である。

県道の脇に『観自在』と刻んだ大きな石碑があり、そこから左右に田圃や柿畑のある細い道を二キロほど進むと駐車場にたどり着き、朱塗りの『みゆるぎ橋』が迎えてくれる。橋を渡ると荘厳な仁王門である。

仁王門をくぐると二百メートルほどは、なだらかな石段の参道で樹齢数百年の杉の大木に覆われて薄暗い。残り百段ほどの石段は急勾配で手摺りを持って息も絶え絶えで本堂に到着である。その間参道には紅葉が色づいているが、それを眺める余裕はなかった。石段を登るのがやっとである。

本堂でご本尊の千手観音菩薩に手を合わせ、やっと落ち着きを取り戻し境内を見渡した。本堂の前の広場には三重の塔や鐘楼、大師堂が配置されている。周辺は杉の緑の木立で空気が凜として清々しかった。その緑の木立に呼応するかのように要所要所に赤や黄色に色づいた紅葉が見えかくれしていた。時期的に今が紅葉の見ごろであろうか、たくさんの参拝者で賑わっていた。

いずれの参拝者も最後の急な石段を喘ぎ喘ぎ登り切り、その見事な景色に酔っているようであった。

その後、客殿で精進料理の湯豆腐をいただいた。湯豆腐の味もさることながら、客殿内部の立派な設えに驚かされた。重厚な造りの玄関や勅使を迎える部屋、無数の広い畳の部屋は見ごたえがあった。ことに開け放った廊下からの眺望は絶景で、瀬戸内海を背に道前平野の長閑な田園風景が広がっていた。

その景色を呆然と眺めていると、なぜか子供のころを思い出した。私の実家は、山間の農家でこの寺院の近くである。

秋の紅葉のころは、農家にとって稲刈りや柿の取り入れで一番忙しい時期である。そのため子供の手も必要であった。ことに、日曜日や休日になると参道脇の田圃や畑で農作業の手伝いをさせられた。

その当時から、この寺院は『紅葉の西山』といわれ、地域で著名な観光地であった。そのため、私たちが農作業をしている側を行楽の家族連れが楽しげに何組も通り過ぎた。私は子供心に、この間の農作業の手伝いは嫌で嫌でたまらなかった。しかし、農家にとっては行楽など思いもよらぬことで、紅葉なら近辺の山々を眺めれば十分だといわぬばかりの雰囲気であった。

同じ世代の子供が着飾った服で通り過ぎるのを横目に、私はぼろの作業服である。みじめな気持ちになったが農家は猫の手も借りたい時期なので行楽どころではなかった。おそらく行楽に訪れている人々の職業は、身支度からして農家と違って勤め人であろうと思われた。

わが家は、私の兄も含めてこれほど苦労しながら農作業の手伝いをしているのに決して裕福な生活ではなかった。農家に生まれた境遇を恨むしかなかった。

私は、そのとき子供心に『農家では駄目だ。大人になったら何としても勤め人になるべきだ』と漠然とした思いを持った。


私の生まれ育った集落は、三十戸ほどですべてが農家であった。いずれの家の子供もこの時期は農作業に駆り出された。おそらくだれしも私と同じ気持ちで、農作業の手伝いをしていたのではないだろうか。その結果、農家を継いだ者は数名で、ほとんどの子供は集落を離れ勤め人になった。

時代的に、農家にとっては米麦を作り、柿やミカンの栽培だけでは日々の生活は難しい状況となり、跡継ぎがいなくなるのも当然だが、少しは子供のころの悔しさが、その後の人生を左右したのではないだろうか。

久しぶりの『紅葉の西山』で六十年前を思い出すなど夢にも思わなかった。ちなみに、私も農家は継がずサラリーマンになった。今では、時折実家を訪ねるが懐かしい思い出が頭を過る。あのころ遊んだ仲間は、いずこでどんな生活をしているのであろうか。過疎化が進み多くの農地が荒れ放題で、ひっそりとした集落となったが、里山や川の流れはいつまでもたたずみたい心境にしてくれる。

それは、むしろ私の齢がそうさせるのかもしれないが……。

人生の楽園

テレビ番組に、俳優西田敏行さんがナレーションを務める『人生の楽園』がある。その放送内容は、定年退職した主人公が都会の生活を捨てて田舎に移住し、古民家などを改造し喫茶店やレストランを開き、そこで近くの農園で作った野菜を食材に、地域住民と和気あいあいに楽しく生活している光景である。

いずれの主人公も、その生活に満足し、なぜもっと早くこんな楽園があることに気が付かなかったのかと、異口同音に感想を述べている。

私も田舎に住み、菜園をいじりながら地区住民と世間話を楽しんでいるが、こんなものが本当に、『人生の楽園』なのだろうかと思うことがある。

そのことを実弟に話すと彼は、「あの番組で取り上げているのは、田舎に移住して半年程度の人々がほとんどである。半年程度ならだれしも面白おかしく田舎暮らしを楽しむことが出来るが、そのうち逃げ出してしまうであろう」と、吐き捨てるように言う。

なるほど、彼の言うことにも一理ある。その番組で田舎の生活を何年も継続している事例の放送を見たことがない。それは移住した当初は楽しくやっていたが、ほどなく田舎暮らしに嫌気がさし、また店舗の経営も胸算用通りにならず、やむなく閉店に追い込まれるのかもしれない。田舎での生活は、想像以上に厳しいものだと思い知らされるのであろう。

でも、なかにはいるかもしれない。もし、都会から田舎に移住して何十年も経った今も、何らかの店舗を営業しながら田舎生活を本当に楽しんでいる人がいるのならば、それを題材に放送してもらいたいものである。

サラリーマンは、定年退職した当座はいろいろなことを考える。長い勤務の拘束から解放されたのだから、自由気ままな生活をしたいと思うのは当然かもしれない。私の一世代前のサラリーマンは、退職するとだれもかれも喫茶店の経営を目論んだようである。

私は四十年程前、今治市の郊外に自宅を新築したが、幹線道路に面した人通りの多い地域であったためか、近くに七軒の喫茶店が点在していた。喫茶店が華やかなりし頃であったので、いずれの店も盛況で、オーナーのほとんどは定年退職組であった。私も今日はこの店、明日はあの店とコーヒーの味を楽しんだものである。

ところが、それらの喫茶店も何年か経つと自然消滅的に次々と閉店した。開店した当時は物珍しく客足も付くが、所詮素人の経営では長続きしない。今なお営業しているのは一店舗だけで、本格的なコーヒーの専門店である。

これと同じような光景を思い出した。十数年前に長野県のあるスキー場近くの別荘地に行ったときのことである。そこは分譲の別荘地でモダンな住宅が建ち並び、要所要所にペンションやパン屋、コーヒー店、小料理屋があったようである。ところがこれらの店は、いずれも閉店状態で営業している店は一軒もない。店舗は閉鎖されたままで売物件の看板が掲げられていた。

おそらくこれらも、別荘ブームにあやかって、先の喫茶店のオーナーではないが定年退職者や道楽者が、『人生の楽園』を夢見て頑張っていたのであろうと思われる。開店当初は、友人や知人で賑わったであろうが、商売とはそんな生易しいものではない。これでは『人生の楽園』には程遠い状況だと言わざるをえない。

田舎で『人生の楽園』を求めるならば、商売を抜きにして心底自然を楽しみ、農作業に喜びを感じるようでなければならない。姑息に商売で小銭を稼ごうなどと考えていたのでは田舎暮らしは到底無理である。

そんなことが簡単にできるのであれば、以前から住んでいる者がすでに起業しているはずである。また、田舎が過疎になることもないであろう。

都会から田舎に移住される方は、何としても一定の蓄えを持っていることが必要で、商売に振り回される日々を送るようでは、けっして『人生の楽園』は望めないであろう。

『人生の楽園』、一体どこにあるのであろうか……。存外、田舎に限らず現在の生活の中にこそ、ひそかに埋もれているのに気付いていないだけかもしれない。

随筆と小説

ある同人誌の編集長から原稿の依頼があった。その同人誌は小説が主体で、今回の依頼も「原稿用紙十枚程度の短編小説」を、とのことである。

編集長は、私が日ごろ随筆らしきものを書いているのを知っているはずなのに、あえて小説を依頼してきたのには何か理由があるのだろうと思った。それならば、一度挑戦してみようと引き受けた。

そうは言っても安請け合いをしたものだと後悔したが、後の祭りであった。随筆と小説は基本的に違う。小説はフィクション（虚構）で随筆はノンフィクションである。

今まで書いてきた随筆作品の中から、小説として書き換えが出来るものはないかと思いを巡らせた。その結果『美味しい空気』を選んだ。

その随筆は、『東京で文芸家の会議があり、その出席と観光を兼ねて二泊三日で出掛けた。

一日目は会議、二日目は横浜観光、三日目は代々木や渋谷を散策した。旅行中はホテルに宿泊したが、二日目の夜、寝苦しくなり夜中に部屋から抜け出し玄関口まで降りて行った。そこで、同じように息苦しさで部屋を抜け出した初老の男性に会う。その後、東京から帰って自宅近辺を散策し田舎の空気の美味しさに感激する』という内容である。

これを、どうやって小説にするかである。そのため、主人公は私自身で信二郎と名前をつけた。また登場人物も必要である。文芸家の会議の内容を盛り上げるため、主宰、文芸評論家、大学名誉教授、随筆家にそれぞれ仮名をつけた。

一日目の会議は吉祥寺の中華飯店で開かれた。俳句と随筆を嗜む者の集まりである。主宰は、佐々木進氏でその人となりから書き始めた。主宰の経歴は日頃からよく知っていたのでそのまま綴ればよかった。若いころは直木賞作家壇一雄に師事し小説家を目指した。現在は、小説や評論集、句集を何冊も出版し日本ペンクラブ会員、日本詩歌句随筆協会副会長で、毎月の総合文芸誌に作品を連載中であるなどを詳しく記述した。

次に、文芸評論家や大学名誉教授の会話の内容で、懇親会が盛り上がっている雰囲気を描いた。また、随筆家の作品作りの苦労話も紹介した。

二日目は、はとバスで横浜観光、三日目は代々木の新国立競技の巨大さと渋谷駅前のスクランブル交差点の人の動きなど、大都会の様々な光景を詳細に綴った。

信二郎が旅行期間中に宿泊したホテルは、JR品川駅前で二十三階の角部屋であった。高層ビルからの眺望を堪能できたが、二日目の夜中に息苦しさで目を覚ました。ついに我慢できなくなり部屋を抜け出しホテルの玄関口まで行った。

そこで岩手県から来たという初老の男性と出会うが、信二郎と同じ心境で部屋を抜け出してきたのだと言う。お互い、大都会の空気に馴染めず、田舎の美味しい空気に思いを馳せるのである。

その後、信二郎は田舎に帰り、自宅近辺を散歩するが、そのとき、あらためて都会の空気と田舎の空気の違いを実感する。田舎の美味しい空気に感激し、嬉しさのあまり何度も深呼吸をしながら、田舎の環境に感謝するのである。あわせて、空気とは何か。その成分は何かなど専門的な事項も加筆して作品に重みを持たせた。

こんな内容で小説として書き換えた。作品の長さは原稿用紙十枚となり、結果的に信二郎の私的な小説となった。

たしかに随筆は実体験であるが、小説は作り話も許される。そのため小説は読者を引き付けるため、尾鰭を付けた虚偽の記述をしてもいいが、随筆は事実の記述に限定される厳しさがある。それからすると、小説はいかに読者を飽きさせない内容にするかであるが、随筆はどうやって読者に共感を与えるかである。

まさに、『事実は小説よりも奇なり』で、小説の虚構には限界があり、いくら面白おかしい内容でも事実には太刀打ちできないであろう。あらためて小説と随筆の違いを実感させられたのである。

草取り作業

実母の余生は、自宅の庭や周辺の菜園の草取り作業に明け暮れていた。

私はそれを見て、「疲れろがね。毎日そんなに頑張らなくてもテレビでも観ていればいいのに、あんまり草を取ると草に恨まれるぞね」と言った。

そんな母親は九十歳で亡くなったが、亡くなる一週間前まで草取り作業をしていた。何がそこまで母親の心を動かしていたのであろうか。

私は、四十坪ほどの家庭菜園で、白菜やキャベツ、ネギ、ホウレン草など旬の野菜作りに励んでいる。ただ菜園は少し放置するとすぐ草が生え、その取り除き作業に苦労する。そんなとき母親がいればと思いながら嫌々草を取ってきた。

ところが、サラリーマンを卒業して一年半ほど経つと、この草取り作業に対する考え方が少し変わってきた。というのも職を辞すとこれといってすることのない惰性の日々の連続である。退職直後は趣味三昧の生活を送ったが、現実はそれほど気楽なものではなかった。そんな生活は一年もすれば充分で、ついに自然相手の生活が楽しくなってきた。ことに菜園の草取りがなぜか面白くなった。

なぜだろうかと考えてみた。まず、草を取り除くと菜園が奇麗になる。達成感と充実感を味わえる。草は取れば取るほどその奇麗な範囲は広くなる。単純であるが、その単純さがいい。手を加えればその結果は一目瞭然である。普段の生活で結果がこれほど即座に現れることはあまりない。暇つぶしには最適である。

ことに、草は一度取り除けばそれで終わりではない。二週間もすればまた新たな芽が出てくる。雨上がりなどその数はおびただしい。草取り作業は一過性ではなく際限がないから一層楽しいのかもしれない。

菜園に草が生えて困ったと悩む前に取り敢えず草取り作業に着手することである。草取りには思いもよらぬ楽しみが潜んでいるのだから……。もちろんこれは、菜園の広さにもよるが、私のように惰性の日々を送っている者にとってのことである。

先日、近くの日帰り温泉に行った。浴室では湯上がりの仲間同士が雑談をしていた。年齢的には初老に差しかかり、いずれも悠々自適の年金生活者のようであった。

「ゴルフを止めるとすることがなくなり退屈だ。いまさらパチンコにも行けず」と一人が言った。それに呼応して、「本当にすることがない。帰ってもテレビを観るだけだ」と答えた。続けて言った、「雨でも降って、草が生えればいいのだが……」。

私は、この言葉を聞いて瞬時に思った。この方も私と同じように菜園の草取りを楽しんでいるのだと嬉しくなった。だれしも身体が動く間はじっとして居られないのである。テレビを観るのも飽きてくる。読書も二時間もすれば嫌になる。友と語るのも限界がある。新聞を隅から隅まで読んでも始まらない。

さればとて体力を使う重労働は御免なさいで、疲れない程度に身体を動かし、ささやかな充実感も味わいたいのである。また、一日中することがない惰性の日々は虚しく、少しでも意義ある日々を送りたいと願っているのである。

そんなこんなで辿り着くのが存外草取り作業かもしれない。この作業は一切拘束がない。疲れたときは自由に休めばいい。雨が降れば止めればいい。好きなとき好きなだけの作業をすればいい。作業をすればするほど菜園は奇麗になる。草を取り除いた菜園を眺めながら、木陰でお茶でも飲めば気分爽快である。

今になって、母親が毎日飽きることなく草取り作業をしていた心境が分かるようになった。あのときもう少しやさしい言葉を掛けておくべきであったと反省するが、後の祭りである。

おそらく母親は遥か高い所から、「今、やっと楽しみが分かったの……。お前もそんな歳になったのだね」と、言っているような気がしてならない。

初詣で

令和二年の初詣で、広島の厳島神社（宮島さん）に出掛けた。

バスツアーなので、朝八時前に自宅を出発し、しまなみ海道と山陽自動車道の高速道路を走った。十時過ぎ『もみじ饅頭』の工場見学をした。その後、宮島に向かった。国道二号線を二十分ほど走ると宮島口港のフェリー乗り場である。二隻のフェリーが五分毎に運行しているので待つことなくフェリーに乗れた。

天候は快晴で海は穏やかである。カキの養殖イカダが見え隠れする青い海原を十分ほど進むと宮島港に到着となった。

港の広場は正月四日なのに参拝客でごった返していた。何頭もの鹿の出迎えを受けながら神社に向かって歩き、途中商店街に差しかかった。狭い道幅の左右には土産物屋や飲食店が軒を連ねている。参拝に向かう人と参拝を終えた人が交差して大混乱である。それをかき分けて一歩一歩進むと、大きな石の鳥居にたどり着いた。

ここからが正式な参道である。『参拝者最後尾』の看板を持った方がいたので、その列に並んだ。拝殿までは五百メートルぐらいある。


厳島神社は沖合の朱塗りの大鳥居と海中に浮かぶ平安調の優美な拝殿があまりにも有名である。神社の創建は推古元年（五九三）佐伯鞍職であるが、その後、仁安三年（一一六八）に平清盛によって現在のような社殿に造営されたと伝えられている。御祭神は市杵島姫命、田心姫命、湍津姫命である。

参拝者の列は、ゆっくりゆっくり一歩ずつ進む。やっと大鳥居が見える場所まで来たが、現在修復中で白いテントに覆われ、その勇姿を見ることはできず残念であった。

大鳥居は四脚造りで、満潮時には海中に浮かんだように見え、潮が引くと砂浜に立つ、高さ十六メートル余りの雄大で優美な姿である。

現在の大鳥居は八代目で明治八年（一八七五）に完成したが、今の修復は今年の七月に完了予定とか。

一時間ほど列に並んだであろうか、やっと拝殿の入り口に到着した。そこからは板張りの長い回廊を進み朱塗りで荘厳な本殿に到着した。心身を新たに深々と拝礼し、家内安全と健康祈願をした。

その後、回廊を一巡しながら能舞台や反り橋、長橋、天神社などを拝観しながら初詣でをすませた。

初詣でを終えると気分的にも落ち着き、散歩がてらに海に浮かんだ拝殿を見ながら帰ったが、相変わらず参拝者の列は延々と続いていた。また商店街に戻ってきた。いずれの土産店も、もみじ饅頭や木製のシャモジ、木彫りのお盆、もみじをあしらった陶器などが所狭しと並べられていた。

私は、すでにもみじ饅頭は買っているので、焼きカキとアナゴ飯を目指した。旗を立てた店がいくつもあるが、いずれも先客が長い列を作って待っている。

何とか十人ほどの列に並んだ。カキ二個で五百円である。焼きカキの匂いと煙りは食欲をそそる。しかし、現実に食してみると、それほど美味しいものではなかった。名前が先行している感じであった。

つぎは、アナゴ飯である。いずれの店も長蛇の列である。これを待っていたのではフェリーに乗り遅れる。仕方なく、商店街を外れ人通りの少ないところの店に入った。

商店街のアナゴ飯のサンプルでは、ほとんどが二千五百円程度であったが、この店は千八百円であった。何か儲けたような気分になった。しかし、それは値段ほどであった。重箱に盛られたアナゴは薄く、天日干しのアナゴではないのかと思うくらいであった。いずれにしても宮島の名物、焼きカキとアナゴ飯を食べることができたのだから満足するとしよう。

フェリーに乗って宮島口港に向かった。乗客は満員で積み残しが出るほどである。船中から眺める厳島神社は、桧皮葺きの重厚な屋根と朱塗りの柱や梁り、腰板は存在感があった。

宮島口港の広場の脇に、アナゴ飯の旗をなびかせるアナゴの専門店があった。ここなら旨いであろうと夕食用に二千三百円のアナゴ弁当を買った。

集合時間の三時半には、まだ少し時間があったので喫茶店に入った。コーヒーを飲みながら窓の外に目をやると、人の動きが引っ切りなしである。都会地の初詣ではさすがである。

帰宅してアナゴ弁当を食べた。絶品であった。肉厚のアナゴは骨切りしてふっくらと焼かれ、甘辛いタレと見事に調和していた。これぞ宮島のアナゴ飯という感じであった。

V

ふるさと探訪

俳優三宅裕司の『ふるさと探訪』というテレビ番組がある。視聴者のふるさと自慢をもとに、名所旧跡を巡り名物を試食する内容である。

毎回楽しみに観ているが、全国各地には自慢できる名所や名物があるものだと感心させられる。それならば、私の地域の自慢できるものは何かと思いを巡らせた。

私の住んでいるのは、愛媛県今治市の桜井地区で、市の中心街から五キロほど離れた南部にある。住民九千人ほどの漁業者と農業者、サラリーマンの住宅地である。

この地区で自慢できるものを思い浮かべると「天満神社の松林」をおいてないであろう。瀬戸内海に面した綱敷天満神社の境内は、広さ十一万平方メートル（東京ドームの二・五倍）で三千本の松林である。その中でも拝殿から海岸に向かう参道脇の黒松は、天をつく高さで大きな枝が四方八方に伸び、さながら巨大な龍の乱舞である。

これほど広大で老木の松林は、愛媛県下でも唯一ここだけになってしまった。今後も守り続けて後世に残したいものである。もちろん、現在この見事な松林が維持できているのは志島ケ原保護協会会員の日ごろの勤労奉仕があってのことである。

次の自慢は、「うなぎや」のウナギの蒲焼きである。これは県道沿いのウナギ料理専門店である。自宅から徒歩で五分のところにあるので、ときどき利用するが、その味は大満足である。とにかく旨い。

毎日客足が絶えない。広い駐車場は満杯で店頭にはいつも行列ができている。かつては近郊に数軒のウナギ屋があったが、今ではこの店だけとなり、評判が評判を呼び多くの客が訪れるようになった。

ウナギの香ばしい焼き具合と、ほどよい柔らかさ、それに秘伝のタレが絶妙にマッチし見事な味を醸しだしている。ぜひ、一度味わって貰いたい逸品である。

三番目の自慢は、「伊予桜井漆器会館」である。ここは国道一九六号線沿いにある大きな建物で店舗と工場を兼ねている。店内は置物や大きな壷などの芸術品が目を引くが、いずれも高価でさすが本物の漆塗りの作品である。もちろん手頃な価格の茶碗やお皿、お盆、箸などの日常雑器も陳列されている。裏手の工場では職人が漆製品の製作に忙しく動き回っている。ことに金箔を塗る作業をしている職人は真剣そのものである。本物の漆製品を手に取り、製造工程を見学するのもなかなかできない体験である。

四番目の自慢は、「脇屋義助公の廟」で四国霊場五十九番札所国分寺の裏手の丘陵地にある。脇屋義助は南北朝時代の武将で、新田義貞の実弟。諸国の武将が南北の二派に分かれて熾烈な抗争をしていたとき、この地に赴き、この地で亡くなったとは感慨深い。

急な石段を上ると欅造りの柱や鴨居に獅子や龍を彫刻した重厚で荘厳な廟堂がある。その後方に墓所があり、苔むした墓標には「脇屋刑部○○義助公○廟」と刻まれ、風雪にさらされ判読できない部分もある。歴史好きの者にとっては応えられない場所である。

以上が、我が桜井地区の名所名物である。この程度の自慢では、俳優三宅裕司の『ふるさと探訪』で放映されるのは無理かもしれないが、映像をうまく編集すれば何とかならないものか。もしそれでも物足りないのならば今治市街地の名物「今治焼き鳥」を追加するのもやぶさかでない。

「今治焼き鳥」は、鳥の皮を鉄板で焼くのが主流で炭火焼きとは一味違う食感である。

小さく刻んだ鳥の皮を鉄板で挟み、一気に焼き上げるという独特の調理方法で、外はカリッと内はジューシーな味わいで一度食べると病み付きになる。

この調理法は、せっかちな今治人を満足させるため、約五十年前に考案されたもので、今では、市内の焼鳥屋のほとんどがこの手法である。とにかく、旨い早い安いの三拍子そろった当地グルメの一つである。この「今治焼き鳥」ならば、東京生まれ東京育ちの俳優三宅裕司も、一口食べれば舌を巻くこと請け合いであろう。

私も、桜井地区に住んで四十年になる。自慢できるものなどあるのだろうかとも思ったが、存外自慢の種はいずれの地区にも転がっているものだと再認識した。

外出自粛

新型コロナウイルス対策として緊急事態宣言の発令で、密閉、密集、密接の三密の禁止と、不要不急の外出自粛を求められた。まさに異常事態である。それも数日なら我慢できるが、一か月も余ると精神的にも限界に達してきた。

私は日ごろ暇にまかせて随筆らしきものを書いている。随筆は日常茶飯事を題材にして、感じたことを思いつくまま自由に綴ればいいのである。しかし、こう外出自粛が続くとその題材がなかなか見つからない。

自宅からの外出は規制され、他人様との面談も遠慮がちになる。レストランや喫茶店も休業中である。こんな状態で、一体どうやって毎日を過ごせばいいのか、だれしも悩んでいることだろう。

参考までに私の昨日の行動を振り返ってみた。朝食を食べ、時間をかけてコーヒーを飲んだ。その後、歯科医院を予約していたので十一時に受診した。その帰路、コンビニで原稿をコピーし昼過ぎに帰宅しテレビを観た。二時頃に遅い昼食を食べ、横になってテレビを観ていると、そのまま一時間ほど昼寝をした。後は、家庭菜園で草取りをし野菜に水をやり、夕方、海岸を散歩した。夕食は八時過ぎに食べテレビを観て十時に床に入り、ラジオを聞きながら眠ってしまった。

これが一日のすべてであるが、これでは特別なことは一切なく随筆の題材に巡り合うはずはない。とにかく変化がない惰性の日々である。私は、古希を過ぎ職に就いているわけではないので自由気ままな日々を送ればいいのだが、何となく味気がない。何かをしなければならぬと気持ちだけは焦るが世情が許さない。じっと耐える以外にないのである。これは私だけではない。すべての方々が、同じ心境になっているであろう。何とかしたいと思いつつも、どうにもならないもどかしさにうんざりしている。

世の中が平穏なら、私は碁敵との対局、実弟と喫茶店での談笑、道楽の煎茶教室通い、女房と道の駅巡り、バスツアーでの観光などを楽しんでいるであろう。とにかく何の楽しみもない毎日の繰り返しである。テレビでは、この機会に部屋の片付けや読書、料理や趣味に熱中して時間をつぶせばいいと言っている。また、体力が衰えるので筋肉体操をすべきだなどと放送しているが、そんなことではどうにもならない。今の私の唯一の息抜きは、自宅近くの菜園で時間をつぶすことくらいである。

ことに都会地のマンション住まいの方々はどうやって時間をつぶしているのであろうか。すべてがすべてベランダがあって、広い間取の部屋だとは思えない。そこに夫婦と子供二人となると想像を絶するものがある。よく我慢できるものだと感心させられる。その反動だろうか、夕方には近辺の商店街に買い物客として押しかけ大混雑となる。また、自然を求めて公園や海岸に多くの方々が出掛けるのも理解できる。

随筆は、物事の表面をなぞるだけでは物足りない。その実相を捉え情緒情感を盛り込んで描くことが求められている。あわせて、内容的に普遍性がなければならない。そのためいくら共感や感動した題材であっても一過性の事項ではなじまない。

この新型コロナウイルス騒動も一過性であろうと当初は安易に考えていた。ところが、我が国内はもちろん全世界に大きな影響を及ぼした。現代の医学や科学の力で今後数か月、あるいは数年先には解決するであろうが、世界的な大事件になったことには間違いない。世界中を巻き込んだこれほどの事態だから、いくら一過性といっても後世に語り継がれることは確かである。

今回は、平凡な日常生活のありがたみを教えてくれた。それぞれが仕事に集中できる、何処にでも旅ができる、いずれの飲食店も営業している、だれとでも遠慮なく雑談ができる、観劇やコンサート、図書館にも自由に行けるなど、本当にありがたいことである。

外出自粛がいつ解除になるのであろうか。まだ当分は続くであろうが、その解除を楽しみに待つしかない。そのときは、大気を胸一杯吸って大いに羽を伸ばしたい。

一日も早く新型コロナウイルスを克服し、何の規制もなく生き生きとした題材で自由に随筆が書けることを願って止まない。

『寂聴九十七歳の遺言』

瀬戸内寂聴の『寂聴九十七歳の遺言』(朝日新聞出版)を読んだ。とにかく面白い。読みやすい。納得させせられる。

巻頭に、「本書は、京都の寂庵で行われた朝日新聞大阪支社による単独インタビューを基に、加筆、構成した書き下ろし作品です」と、あるように全体の流れが口語調なので読みやすく、心に響く。一気に読み進んだ感じである。

本書は、五章編成で、各章にそれぞれ十編ほどの随筆風の作品が盛り込まれているが、いずれも蘊蓄のある作品なので、どこからでも読み始めることができる。それらのうち心を動かされた作品の概要は次の通りである。

『いくつになっても恋の雷が落ちる』

誰かを好きになるというのは理屈ではない。好きになることに理由はいらない。恋は雷に打たれたようなもので、わけがわからないけれど好きになる。人間は誰かを愛するために生まれてきたのです。誰も愛さないで死んでいくことは、せっかく生きてきたのに惜しいことです。もちろん、愛したらいろんな苦しみが伴います。けれどもその苦しみを体験しないと、真の優しさとか創造力とか、人間に本来備わっている素晴らしい力が表に出てこない。生まれてきた以上は、やはり好きな人に巡り合った方がいいに決まっている。相手に奥さんがあろうと旦那さんがあろうと、そんなことは問題ない。年齢だって関係ありません。

『「私なんか」ではなく「私こそ」』

私の秘書瀬尾まなほは、大学卒業後寂庵にきて八年になる優秀な秘書です。ところが、「私なんか、そんなの無理です」を繰り返す。あるとき、「それは私に失礼だし、第一あなたに失礼だ」「誰でも生まれてくる値打ちがあって生まれてくる。だから自分をバカにしてはいけない。二度と言ってはいけない。今度言ったら首にする」と怒ったことがある。誰にも、いろいろな才能がある。だから「私なんか」と思ってはダメです。せっかく生まれてきた命を誇りに、「私なんか」ではなく「私こそ」と思って生きていこう。そうしなかったら罰があたります。

『笑顔を忘れると不幸が倍になる』

私たちは誰もが、人には言えない辛いことを抱えています。それぞれがそれに耐えて、辛抱して生きています。不幸は泣き顔に付きます。ニコニコしていると不幸は逃げていく。幸福は笑顔に付くのです。いつでも前向きに楽しい顔をしていこう。自分は不幸だと思って笑顔を忘れたとき、不幸が倍になります。だから笑顔で楽しいことを考えると、不幸が逃げて行って幸せなことが付いてきます。これは仏教の「和顔施」です。

『好きなことをしていたら健康になる』

六十歳のときに体調を崩した。病院で診察を受けると、腸が悪く今後は仕事はしてはいけない。講演なんか絶対してはいけない。家でじっとしていてくださいと診断された。しかし、じっとしておれない。どうせ死ぬのなら好きなものを食べて、どんどん仕事をしてやれと思って、仕事を倍に増やした。そしたらいつの間にか病気も治った。そして二、三年したら、そのお医者さんの方が死んでいた。人の命なんて案外そんなものです。私の健康法は、第一に好きなことをすること、次によく眠り、肉を食べること。それから朝風呂にゆっくり浸かること。

『老いのもたらす孤独』
私たちは、生まれた瞬間から老いに向かって生きている。とりわけ今の日本は、老後の生活に対する不安が強まっている。かつては病気になると家族に見守られて家で死ぬという状態であったが、今では施設や病院のお世話になるしかない。だから、みんな老いを恐れ、孤独が怖いのです。老いから逃れたいと思うなら早死にするしかない。人間は死によって、はじめて老いから解放される。私たちは死ぬまで老いにしがみつかれて生きていくしかない。それなら、老いの孤独を普段着のように着こなし、老いを自覚して生きていくと、老いの孤独がもたらす嫌な感情にとらわれることがなくなる。

『小さな夢が老いの孤独を慰める』
九十歳を過ぎてから、腰椎の圧迫骨折、胆のうガン、心臓や足の血管狭窄とたて続けに入退院を繰り返し、さすがに老衰がすすんだ。それでも、文芸誌などに連載を五本書き、月に一回、寂庵のお堂で百五十人を前に一時間半ほどの法話と、写経の日には朝から参加者と一緒に写経もする。また、文学作品に限らず様々な本を、週刊誌まで片っぱしから読んでいる。体が思うように動かなくなっても、小説家として作品を書き、尼僧としてお釈迦様の教えを話していられる限り、まだまだ生きがいがある。そして、何か新しい楽しみを見つけて、老いのもたらす孤独を飼い馴らしながら生きていきたいと思っている。

『瀬戸内寂聴の最期』

「生きすぎました……」が、九十七歳の私の偽らざる感慨です。それでも今も徹夜で小説や随筆を書き続けている。私にとっては書くことこそが生きること。自分の文学に対していまだに満足していない。だから死ぬまで書き続けていたいのです。執筆中は全く疲れを感じない。むしろ高揚して元気になります。書くことは私にとって最高の快楽です。いつかの夜、書斎の机で小説や随筆を書いていて、そのまま原稿用紙の上に突っ伏して、ペンを持ったまま死んでいたい。死んだ後のことは何も心配していない。どうでもいいと思っている。岩手の天台寺に小さなお墓を買ってあるので、そこに骨を入れてくれたら十分で、墓石には、「愛した、書いた、祈った」と彫ってもらう予定である。

これらは、ことさら感動し納得させられた作品である。紙面の都合ですべてを列挙することができないが、まだまだ心揺さぶられる作品が沢山ある。

私も、古希を過ぎ人生こんなものでいいのかと悶々とした日々を送っていたが、本書のお陰で、なにか霞みが晴れたような気持ちになった。とにかく、九十七歳の著者が海千山千の豊富な実体験をもとに記述した作品なので説得力がある。もし、「自分も歳を取った」と、つまらぬ不安を抱いている御仁がいれば、ぜひお読みいただきたい。一読に値する良書である。人生百年といわれる時代だからこそ……。

隔靴掻痒

『隔靴掻痒』、この四文字熟語は「かっかそうよう」と読み、意味は「靴の外部から足のかゆいところをかくように、はがゆく、もどかしいこと」である。

残念ながら私は初めて知った言葉である。もちろん今までお目にかかったことはないし、他人様との会話で聞いたこともなかった。浅学非才を恥じる以外にないのである。

女房が、令和二年五月三日付け読売新聞日曜版のパズル・クロスワードを解いていた。そのとき、これだけが解けないと私に助けを求めたのがこの熟語である。

ヒントは、「思い通りにならずもどかしいこと」の四文字熟語だという。クロスワードであるから、ヨコのカギは二十九問、タテのカギは三十一問であるが、この部分以外はすべて解答できている。

私は、簡単に解けるだろうと呑気に構えて取り掛かったが、あにはからんやあまりにも難解である。あらためてヒントを見直したが、それに該当する熟語を思いつかない。しかたなく広辞苑の電子辞書で調べるもどうにもならない。逆引き検索や慣用句検索を試みたが無理であった。

クロスワードはすべての問題が解けて完了である。解答できない問題が一問でもあると消化不良で満足できない。奥歯に物がはさまったようで何か気持ちが悪い。これぞ思い通りにならずもどかしい状態である。

女房と頭を抱えた。いくら考えてもそれらしい熟語を思いつかない。ついに降参で二人してクロスワードを手放した。しかし、そのまま忘れてしまうことはできなかった。頭の片隅にはいずれの熟語であろうかと気になったままである。

その後、熟語辞典を紐解いたが、いくらページをめくっても正解には辿りつかなかった。そんなとき、学習研究社の『実用ことわざ辞典』を手に取った。何かこの辞典なら解明できるかもしれないと心が動いた。三百ページほどの辞典である。とりあえず一ページめから順次確認を始めた。六十六ページめで目的の熟語にたどり着いた。歓喜の声を上げた。女房に伝えると、「さすが、おとうさん」と褒めてくれた。クロスワードの空白の部分に入る文字は「かっかそうよう」で、そう書き込むとすべての枡目は埋まり晴れて完成となった。

やっと懸案が解決した。それにしても難解なクロスワードであった。ほとんどのカギは、簡単に答えられるのにこの部分だけが異常に難解であった。それが出題者のねらいかもしれないが、あまりの難しさに少し考えさせられた。おそらく、このクロスワードを全問正解できる方は、それほど多くはいないのではないだろうか。

『隔靴掻痒』なる言葉は一般には使われていない。初めてお目にかかる熟語で、同意語の『歯痒い』『もどかしい』で簡単にことたりるのである。特別難しい言葉を使いたがる作家か、学校教育での試験や漢字検定で出題されるのが関の山であろう。

他人様との会話で四文字熟語を使われると、言葉に長けた方だと一目置くが、もしこの『隔靴掻痒』の表現をされると、むしろいい加減にしてくださいと後退りするであろう。

今回、私は苦労して『隔靴掻痒』の読み方とその意味を知ることができたが、おそらく今後、この熟語を使うことはないであろう。なぜならほとんどの方が理解できない熟語で、単なる知識の披瀝になってしまう恐れがあるからである。文章にしても会話にしても、相手に理解されて始めて意味がある。理解されない言葉を使うのは謹むべきである。それが親切である。

四文字熟語は、『青息吐息』『暗中模索』『異口同音』『以心伝心』『一言居士』『一期一会』『一蓮托生』『一獲千金』『因果応報』『右往左往』『海千山千』など際限なくある。これらの熟語は読みやすく、その意味が瞬時に理解できるから、文章や会話で頻繁に使われるのである。

それに比べ『隔靴掻痒』はどうであろうか。とにかく一読できず一般的にはほとんどお目にかかることがない。現在ではむしろ置き去りにされ、だれにも見向きもされなくなった熟語といってもいいのかもしれない。その難解な熟語を新聞のクロスワードであえて出題したことに疑問が残る。新聞は平均的な知識人が読める内容であって欲しいから……。

文章術

『無敵の文章術』(千田琢哉著)を読んだ。目次の、「文章は短く、気負わず、小学生レベルの漢字を使いこなす」が少し気になったからである。

著書は、「中学受験用の漢字問題集をマスターするだけで、あなたの文章力は飛躍的にアップする」「小学生で習う漢字を完璧に使えば、社会人として恥ずかしくないレベルの文章になる。漢字の力が身につけば不思議と高いレベルの漢字を身につけたくなり、大学受験用やさらに上にも手が伸びるはずである」と、記していたが半信半疑であった。

さて、小学生がどの程度の漢字を習っているかである。早速、書店で『教科書ドリル六年国語』(文理)を購入してひもといた。ほとんどの漢字は読み書きできたが、例えば、絶賛、判別、任す、針葉樹、象形文字、構造、穴倉、垂らす、敬う、困苦、推測、断言、序曲、穀物、拡張、忠誠、閲覧、奮起、興亡、統率、玉石、親愛、戸外などはやや難しかった。

ことに序曲と奮起、戸外は手がつけられなかった。

小学生で結構難しい漢字を習うものだと感心し、これらを駆使すれば一般的な文章なら書けると納得させられた。


次に、中学生はどの程度なのかと中学三年生の教科書を手に取った。均衡、満喫、為替、陥る、募る、弾む、催す、歓喜、首尾一貫、喜怒哀楽、花鳥風月、本末転倒、試行錯誤、殺風景、純粋、杞憂など思いのほか難しい漢字が次々表記されていた。

いずれの漢字も何とか読めたものの、いざ書くとなると自信はなかった。むしろこんな難しい漢字を中学生が学習するのかと驚かされた。これならば中学生程度の漢字で、恥ずかしくない文章が充分書けるであろうと思われた。

私は、ときおり随筆らしきものを書いているが、原稿はワープロで作成するため、漢字は変換キーを押せばいとも簡単に表示される。そのため漢字そのものにそれほど神経を使っておらず、うろ覚えになっていることを改めて反省した。

物書きにとって小学生程度の漢字ではまだまだと思う部分もあるが、中学生の漢字になれば充分である。これからみると義務教育を終えれば、それなりの文章が書ける漢字を習得できるのである。

それならば、高等教育を受ければどのようになるのかと興味が湧いた。またまた書店に赴き大学受験用の国語のテキストを購入した。さすがに想定外の漢字がつぎつぎ現れた。しかも、どれも読めない書けない。こんなはずではないと不安になったが仕方がない。とにかく難解な漢字を羅列すると、営為、援用、乖離、渇望、甘美、空疎、顕現、巧拙、枯渇、遮る、執拗、述懐、出自、精緻、償い、沈潜、突如、彼我、卑近、煩う、などであるがこれだけではない、まだまだあった。

隠微、該博、瓦解、絡む、陥穽、看破、興趣、懸隔、荒涼、錯綜、弛緩、成員、等閑、途次、殴る、倣う、墨守、勃興などが読めず書けなかった漢字である。

四字熟語はこれまた一苦労で、右顧左眄、夏炉冬扇、危急存亡、曲学阿世、軽佻浮薄、自家撞着、酔生夢死、則天去私、直情径行、不易流行、無為徒食、夜郎自大、融通無碍など、読み書きはもちろん意味不明である。

これら以外に、難解な漢字がいくらもあることが分かった。高校生はここまで勉強しなければ大学を受験できないのかと感心した。

標記の著書は続いて記していた。「文章を書く人が難しい漢字を使いたがるのは、自分を知的に見られたいからである。相当な知識人ならば別だが、できるだけ平易な漢字を使って分かりやすい文章を書くべきである。漢字はせいぜい大学受験の頻出レベルまでで、無理に背伸をしない文章が好感を持たれる。そして、ここ一番という箇所に絶妙のタイミングで難しい漢字を一つか二つ披露すれば、教養を感じさせる文章になる」

まったく同感である。今後の文章作成の参考にしたい。あわせて今一度、他人様に読んでいただく文章を書く以上、まず小学生と中学生の漢字を完璧にマスターしたい。

論語

『七十歳になると心の欲するところに従って、矩を踰えず』と言われている。

その意味するところは七十歳になると、思ったようにふるまっても道を外すことはなく、人格的に完成の境地に差しかかった状態をいうのであろう。これは論語の孔子の言葉である。

そういう私は、残念ながら論語や孔子について、ほとんど知識がない。もちろん学生時代に授業で教わったであろうがその記憶もなくなっている。

そんなとき、コンビニの書棚で論語の簡単な解説書が目に留まった。さっそく手に取って目次を眺めると、興味をそそる項目が羅列してあったので、ついつい心が動き、『図解論語』（山口謡司監修）を購入した。

その書籍によると、論語とは紀元前六世紀頃の中国の思想家孔子の教えをまとめたものである。孔子は、当時としては長命で七十四歳で亡くなった。若いころは他の思想家と同じように、政治に関わることを希望していたが、彼の諸説が理想的すぎるとのことで受け入れられなかった。そこで、地方各地を遊説して歩いた。その結果、彼の考えに共感する人々が増え、弟子として教えを請う人が集まるようになった。

弟子には、一般庶民から役人まであらゆる階層の人がいた。三千人ともいわれる大勢の弟子に囲まれた孔子は、独特の教育方針で弟子の個性や性格に合わせて、きめ細かい指導をした。

ところが、孔子が亡くなると、その指導が裏目に出て教えを受けた弟子たちの間に、いろいろと思い違いが生じていることがわかった。そのため弟子たちは、孔子の教えを流布するために、教えを一本化して集大成しなければならないと考えたのである。こうして弟子たちの力で誕生したのが論語で、孔子の死から百年ほど経っていた。

その後、孔子の教えは、漢の時代に儒教として国教化されるまでになり、論語は聖典として中国全土に広まったのである。

論語は、応神天皇のころ（四世紀前半）我が国に伝来したが、社会一般に普及したのは江戸時代で、五代将軍徳川綱吉によって現在の東京お茶の水に孔子廟（湯島聖堂）が建てられ、幕府直轄の学問所となった。

明治時代以降になって、文学では武者小路実篤、下村湖人、幸田露伴の作品に影響を与え、夏目漱石の小説『我輩は猫である』や『虞美人草』にも論語の一文が引用されている。また、財界の大御所渋沢栄一も論語の精神を企業経営に取り入れたと言われている。


さて、私は古希を過ぎた。古来稀なるほど生きているのであるが、『心の欲するところに従って矩を踰えず』の状態になっているだろうか。いやいや到底そんな聖人君子の心境には程遠い。

四十年以上連れ添った女房と、ときにささやかな意見の違いを生じ、息子の生活を見ていてこれでいいのかと腹が立つ。また、自分自身の行動においても、ついつい先送りして他人様にご迷惑を掛けることが再三ある。それにしても『矩を踰えず』とは、私たち凡人にとっては無理なことである。

書籍には温故知新、石上三年、巧言令色、付和雷同などの項目を分かりやすく解説しているので納得し、反省しながら読み進めたが、全体を通じて根底に流れている精神は『徳』

と『仁』だと思われた。『徳』は、まっすぐな心で、『仁』は慈しむ優しい心である。

論語の内容は、人の生き方を簡単、明瞭、そして簡潔な言葉で表現しているが、その真髄は奥が深い。私たちは孔子から何を学ぶことができるか、それは一人ひとりの判断にまかされている。

孔子の言葉は、人の心を揺さぶり感銘を与える。なにか、今の複雑で困難な時代にあって、私たちの行く道を示唆しているような気がしてならない。

講演原稿の素案

先日、ある文芸グループから講演の依頼があった。そのグループは俳句や短歌、詩、随筆を嗜む者の集まりで、講演内容は「随筆の書き方」でお願いしたいとのことである。

私は、他人様に講演をするほどの力量は持ち合わせてないので辞退したが、止むに止まれず引き受ける羽目となった。

そうと決まれば、その気で対応するしかない。他人様に原稿なしで講演するほどの能力はない。とにかく講演原稿を作るしかないのである。次はその素案である。

黒瀬でございます。初めてお目にかかる方がほとんどでございますので、簡単に自己紹介をいたします。

私と随筆のかかわりは、二十年ほど前でございます。東京銀座にございました日本随筆家協会に所属しまして、作家神尾久義先生に随筆の書き方のご指導を受けたのが始まりでございます。毎月二編を目標に作品を書きまして、先生の添削指導を受けました。それは十年ほど続きましたが、先生は七十歳の若さでご逝去されまして、そこで添削指導は終了しました。

その後は文筆家グループに加入いたしました。一つは随筆文化推進協会『随筆にっぽん』、もう一つは文芸家の会『架け橋』でございます。それぞれの機関誌に毎号作品を発表しまして今日を迎えています。

さて、随筆とはいったい何か。我が国の文学は、小説や評論、詩、俳句、短歌などがございます。その中の一分野が随筆です。随筆の歴史は古く、平安時代の清少納言の『枕草子』、鎌倉時代の鴨長明の『方丈記』、南北朝時代の吉田兼好の『徒然草』があまりにも有名です。これらは、だれしも学校教育で一度は学習したであろうと思われます。今では、この随筆を一般にエッセイと表現されていますが厳密にいいますと多少違います。なぜならエッセイは小論文や報告書が主体でございます。ところが随筆は決して論文や報告書ではございません。

また、随筆を短編小説だと思われる向きもありますがこれも基本的に違います。随筆は、日常生活での見聞や経験、体験を気の向くままに綴った文章で、あくまで実体験を題材にしたものです。随筆は、いわゆるノンフィクションで、小説はフィクション（虚構）です。ここに大きな違いがあります。

随筆の妙味は、まさに事実は小説よりも奇なりでございます。したがって、随筆の題材は日常茶飯事の見聞や体験が基本です。いくら面白おかしい内容の作品であってもフィクションであってはいけません。そのため題材選びに苦労します。自宅に籠って頭の中で作品の構想を練ってもあまり意味がありません。それは、あくまで虚構でしかないからです。そのため旅に出る、本を読む、友と語る、自然の中に身を置くなど現実に行動することによって、これならばという題材を見つけるのです。その見聞や体験をもとに、感想や思いを綴っていくのが随筆です。その感想や思いは表面的な事項だけを捉えたのでは満足できません。表面をなぞった作品は、随筆というよりも単なる大人の作文です。ここに随筆の難しさがあります。見聞や実体験の中に潜んでいる実相を捉え情緒、情感をいかに盛り込むかでございます。ことに実相は難しい。物事の真実の姿です。物事を表面で捉えるだけでなく、本来の姿を描き出さなければなりません。物事を、上から眺め、下から眺め、横から斜めから眺めて観察することが必要です。

添削指導でお世話になった神尾先生は言っておられました。

「物事は多面的に捉えて描写すべきだ。そのためには石や草花とも会話ができるようにならなければならない」

現実は、なかなか難しいことですが、そんな姿勢で物事を捉えるべきだとの教えでございます。


次に作品の長さです。原稿用紙五、六枚が適当です。随筆ではこの程度が長すぎず短すぎずで丁度いい。

よく各賞の応募規定などで原稿用紙五枚と決められている場合がありますが、当然この五枚は厳守しなければなりません。四枚半では物足りず五枚半では長すぎます。五枚の原稿用紙いっぱいに書くべきです。

また、作品の文面で注意を払っていただきたいのは、『こと』と『思う』の使用頻度でございます。

『こと』はついつい使いたくなる便利な言葉です。しかし、この『こと』には意味がありません。意味のない言葉を何度も使うようでは洗練された文章にはなりません。他の言葉に置き換えられないか検討し、限りなく少なくすべきです。

『思う』、これも同じです。限りなく少なくしてもらいたい。文末が『思う』で終わると弱々しく、自信のない表現となってしまいます。これに似た言葉で『考える』という言葉がありますが、なんとなく同義語のように思われがちですが、両者は基本的に違います。『思う』は何となく思うですが、『考える』は、一定の根拠があっての結論です。この両者を混同して使用しないように注意を払うべきです。

あわせて、漢字の使用頻度についても注意を払っていただきたい。今や、パソコンやワープロの変換で難しい漢字がいとも簡単に検索できます。難しい漢字を使った方が格調高い文章になったとばかりに満足しがちですが、常用漢字で十分です。難しい漢字を使った作品は読みづらい。読者は二の足を踏みます。作品は他人様に読んでもらって、納得や感動してもらってこそ意味があります。

漢字とひらがなの割合は三割五分程度がいいのではないでしょうか。四割は多すぎます。

次は、『カンカラコモデケア』、これは毎日新聞社のコラムを担当していた山崎宗次氏が述べた言葉で、エッセイの書き方について答えたものです。

『カン … 感動したことを、カラ … カラフルに、コ … 今日性をもたせ、モ … 物語風に、デ … データ（資料）を書き込み、ケ … 決意を込め、ア … 明るくまとめる』

これらの点に注意を払って作品を完成させればいい作品ができると言われています。すべての事項を網羅するのは難しいですが、作品が出来上がったら、今一度この物差しに当てはめて検証してもらいたいものです。


続いて、何を題材に書けばいいのかと思い悩んでいる方に申し上げます。その対応は、「思う」でなく「思い出」を綴ればいいのです。「思う」は胸の内の判断ですが、「思い出」は記憶にある体験です。

「思う」と「思い出」はあきらかに違いがあります。例えば、師走について「思う」は、さびしい、孤独感、街の明かり、一年の反省などですが、「思い出」は、趣味仲間との忘年会、田舎への帰省、クリスマスの団欒、親戚一同の餅つきなどです。原稿用紙に向かって書くことが思い浮かばないときは、難解で高尚な「思う」ではなく、具体的に描写しやすい「思い出」をもとに気楽に筆を進めてください。なお、内容的にあまりにも古い「思い出」ばかりを綴りますと読者は退屈しますので、ときには今日的な話題を織り混ぜながら作品を完成させる努力を惜しまないでいただきたい。

また、内容的にいくら「思い出」であっても、次の点には気をつけていただきたい。他人様の悪口、上から目線で見下した内容、自分や家族の自慢などは謹むべきである。作品を書き上げたら、今一度点検してください。


これまで随筆のあれこれについてお話しいたしました。これらを参考にしながら作品をものにしてください。作品が出来上がると最後に是非やっていただきたいことがあります。それは一度音読することです。そのことによって間違いを発見することが出来ます。よどみなく読めない箇所は、何か問題がある部分なので再確認をしてください。あわせて、第三者に点検をしてもらうことをお願いします。奥さんでも友人でも結構です。誤字脱字はもちろん、思い違いの部分を指摘してくれることがあります。これには素直に従ってください。

こうして、やっと作品は完成です。しかし、その作品が他人様の目に触れていない状態では、宝の持ち腐れです。あるいは単なる自己満足の世界で終わってしまいます。作品は他人様の目に触れて初めてその真価が分かるものです。各種の投稿やグループの機関誌に発表するのもいいでしょう。とにかく、自分の手から作品を離して表舞台にさらすことです。それによって、作品の善し悪しや来し方の反省、今後の方向性のヒントを手にすることができます。

その最良の方法は、自分自身で一冊の著書を持つことです。共著では物足りません。自分単独の著書です。作品が一定量（原稿用紙三百枚程度）溜まると出版社に一度相談してみてはどうでしょうか。もちろん費用はかかりますが、自分の著書を持つ喜びはこたえられないものがあります。

オーバーな言い方ですが、自分の著書を持つと世の中が違って見えます。自分の著書が書店の店頭に並ぶと不思議な感覚になります。まさに分身です。いずれの方が手にとってくれるのだろうかと不安もあります。しかし、見ず知らずの方からいただく読後の感想は、本当にありがたいものです。ぜひ皆さん方も挑戦してみてください。

以上、私なりの「随筆の書き方」を取り留めもなくお話しいたしましたが、何か一つでも参考になれば幸いでございます。今後、皆様方がいい作品をものにされますことをご期待申し上げまして私の話を終わります。ありがとうございました。

拙著の書評

書評とは書物の内容を批評、紹介する文章である。物書きにとって上梓した拙著の書評ほど嬉しいものはない。そのことによってその拙著の善し悪しが分かるからである。拙著をお読みいただいた方から、読後の感想として誤字や脱字、思い違いなどの教示をいただき感謝に堪えないが、書評となると心底ありがたい。

私は今まで数冊の拙著を上梓したが、著名な方々からそれぞれ書評をいただいた。その玉稿の書評を感謝を込めて敢えて掲載し、来し方の反省と今後の研鑽としたい。

《『小さな親切』を読む》

だれでも、一度や二度は体験するような出来事や、どこにでもある街かどの風景などは、多くの人々が普通の日常生活の中で出会っているものだ。それを文章にすれば随筆になったり小説になったり、また、シナリオに変身したりもする。

国語辞典には、「随筆とは、体験、感想などを思いつくままにしるした文章」とある。とはいえ、随筆も奥が深い。思いつくままでは随筆としてはものたりない。読後に、かすかに残る感動で、目のあたりに見えそうになる表現など、口ずさみたくなるような文章に出会えたときは、これこそ、随筆なのだと、納得してしまう。

『小さな親切』の著者黒瀬長生氏は、まだ現役の公務員（社会保険庁）である。よくこれだけの文章を書く時間があったものよと、皮肉ではなく実に驚く。それだけ著者には、文章を書くことに抵抗がなく、日常茶飯事の出来ごとも題材となり得る実力があるのであろう。

本書は四部編成となっており、一部二部三部は、各十編ずつ、四部は十五編、計四十五編の作品で組まれている。

編集の良さの効果もさることながら、一部二部三部と読み進むにつれて読者の目が離れなくなり、四部に進めばさらに、「食いついたように読む」の表現を当てたくなるほど、おもしろく読ませるのだ。『一枚の写真』『私の名前』『石の記念日』と、読者の感動を追い上げていく。まことにみごとと言わざるを得ない。

著者は題名のつけかたにも特色がある。さほどに大きな題名ではないのに、内容は意外に重かったり大きかったりする。

例えば、書名となっている『小さな親切』は、福祉活動かと思いきや、さにあらず、内容は、ＪＲ松山駅で行きずりの若い女性に二千円を貸した話である。著者は、寸借詐欺の手口に騙されたかと後悔するが、後日、お礼の手紙と二千円が届き、『小さな親切』と題をつけている。まじめである。

『一枚の写真』では、太平洋戦争中に、民間家庭の金属類回収令によって、家の宝といえる牛の置物を供出させられるが、後日、役場から呼び出され、置物が帰ってきて現在にいたり著者の生家に骨董品となっているという内容である。本書の最後の四十五編めの作品『石の記念日』も、題名の印象から読みはじめると展開が、また意外なのである。

石とは尿管に詰まった石のことである。突然に右下腹部に痛みが走りはじめて石が出るまでの、二日間の苦痛を、リアルに書き進めている。著者は、その石と対面した日を『石の記念日』として、その後の健康に感謝しているのである。

一方、『一本の髪の毛』『私の名前』などは、題名そのものの作品であり、読者も実感を共有しながら、おもしろく読むことができる。

『一本の髪の毛』は、次第に頭髪が薄くなる年齢となれば、誰もが体験する当人だけの悩みごとである。ある日、著者はおでこにある一本の髪の毛に気づく。以後一か月以上もその一本の髪の毛の存在に悩み続ける著者の心情に、笑えない人間の姿を味わわせてくれる名作である。

『私の名前』は、日本随筆家協会賞を受賞した作品であり、選評（神尾久義氏）に「『長生』は、『ちょうせい』と読む。昭和二十年生まれというので、祖父が命名したという。この辺が時代を表出していておもしろい（以下略）」とあるように著者は、自分の名前の出典を調べ、謡曲『鶴亀』の一節に出会う。名前と人生の因果関係を文章の裏で読みとらせる筆の運びはみごとであり、本書の中心的な作品として重みがある。

随筆愛好家にぜひ、おすすめしたい書である。

（随筆文化推進協会『随筆にっぽん』会長　赤松愛子）

《真摯な人間性》

第五十回「日本随筆家協会賞」を『私の名前』で受賞した作者（黒瀬長生）が、前書『小さな親切』に引きつづいて、このたび待望の第二随筆集を上梓した。題名は『恥のかき捨て』である。

題名は、本の顔であり、その内容を端的にあらわしているのが普通である。しかし、いつもそうであるとは限らない。作者が韜晦《とうかい》していることがあるからだ。本書の『恥のかき捨て』もそうである。筆者が、自信をもって言えるのは、作者が本書を上梓するにあたって自分を、作品『三文文士』の中で、「推敲し終えたこの原稿は、正真正銘、私が一字一字書いたものである。また、原稿の隅から隅まで心血を注いだものである」と、はっきり吐露しているからである。

ここまで言い切る作者が、恥をかき捨てなどできるはずがない。実に、自己に厳しく対峙し、真面目過ぎるほど生真面目な作者であるのは、まちがいない。

さて、本書の構成は、五部から成っている。ⅠからⅣまでが各十編、Ⅴが五編、都合四十五編である。これは、作者が、毎月二編執筆のノルマを自分に課した二年間の成果で、意図的なものだ。

この几帳面さも、この作者ならではのものである。計画を立てても、二年間もなかなか継続するものではない。立派なものである。

随筆は、作者の人となりを最もよくあらわす文芸形態だ。まさに「文は人なり」である。

巻頭の『原則と例外』は、作者の人となりがよく出ている作品である。出張で地元の松山空港と東京の羽田空港の間を往復した作者が、往きと還りのそれぞれのスチュワーデスの対応の違いに、原則と例外について考えさせられるという内容である。

往きの場合は、作者の紙袋の置き場所を、あくまでマニュアル通りにさせようとする。だが、還りの場合は、大きな旅行鞄を持ったままの乗客を見咎めない。それで、問題がないからだ。このようなことも、作者は見過ごさず真剣に考察するのである。

『スピード違反』での作者は、たまたま制限速度オーバーで取締の網にかかってしまう。それ以後、特に注意して運転するが、制限速度を守って運転すると、後続車が追い越しをかけてきて危険きわまりない。安全な走行は、十キロぐらいのオーバーがちょうどいいことを知るのである。

『瓢箪から駒』は、広島県の竹原港へ向かうフェリーに乗船した作者と、大きな瓢箪を持った老人との出会いが語られる。

作者は、見事な瓢箪に、思わず、老人に声を掛ける。話しているうちに、老人の留守中に自宅が火災に遭い、妻が焼死したことを知る。瓢箪から駒であると作者は思う。そして、老人が苦しい胸の内を自分に話したことで、少しでも救われて欲しいと願うのである。

『今日の運勢』で、作者が社会保険庁の事務所長さんであることが分かる。会議のために東京に向かう飛行機の中で、新聞の「今日の運勢」欄を見る。会場に着くと寝耳に水の書記役に指名された。心配事ありの運勢どおりの大変な二日間を過ごす。それでも無事に大任を果たした還りの機内では、さすがに「今日の運勢」欄を見る気にはならない。真摯な人ならばこその心情である。

『三文文士』での作者は、前書を上梓し、地元で「愛媛新聞」に顔写真の入った大きな記事が載ったのを皮切りに、大反響を起こす。しかし、決して奢ることなく、妻から三文文士と笑われながらも、二冊目の上梓へと心血を注ぐのである。作者の至って真面目な特質が活写されている作品である。

全編のどの作品も、作者の息吹がよく籠り、一気に読者を引き込む力のある一巻である。

（文芸家の会『架け橋』主宰　二ノ宮一雄）

《彩りに満ちた日常生活》

『心に住みし人』は、『私の名前』で、第五十回日本随筆家協会賞を受賞された黒瀬長生氏の第五随筆集である。

『年金相談日記』『小さな親切』『恥のかき捨て』『随筆次の楽しみ』と、矢継ぎ早に随筆集を出版され、その旺盛な執筆意欲に驚かされる。氏の尽きることのない創作の源は、「平凡で平穏な日常の中にこそ『幸せ』の種が潜んでいる」と言う随筆家としての基本姿勢にあるように思う。

多くの作品を取り上げることができないのが残念であるが、二編を選んで紹介したい。

『見掛け』……海岸を清掃していた著者は、かつて先生であったというご婦人の質問攻めにあう。「ほかにすることはないのか」「何かいいものはあるか」「どこに勤めているのか」と。「県庁」という答えに、嘘だと言わぬばかりに、「県庁に勤めている者が。そんなことをするはずがない」という。

清掃にはそれに適した服装がある。背広姿でゴミの片付けはできない。しかし、ご婦人はゴミあさりと誤解したのだ。

高尚を自認しているような方の心にチクリと針を刺し、ボランティア活動に参加することを提案するなど、誠にもって軽妙である。

『知足のつくばい』……書き出しは、かつて龍安寺に行って見た「知足のつくばい」についてである。石の中央の「口」を共有するかたちで、「吾」「知」「唯」「足」の四文字が刻まれている。「私は、ただ満足するだけを知っている」という意味である。

著者は囲碁を嗜む。拮抗する手合いの碁友にも恵まれている。その碁友と対局するとき、つい欲をだして失敗することがある。そこで、足るを知って碁を打たなければと反省する。日常生活に潤いを求めて楽しむ囲碁も、哲学的な趣が漂っていて心にしみる作品である。

著者の豊かな感性と視点の当て方で、日常的な事柄が、こうも彩りに満ちたものになるということに驚くばかりである。一読を勧めたい随筆集である。


（随筆家　大野比呂志）

《随筆の神髄を求めて》

黒瀬長生著『随筆もう一人の私』を読んだ。随筆を書き始めて十五年、その集大成と銘打った作品集である。

随筆は書く楽しみ、書く苦労が一つになって生まれる作品である。しかし、楽しみとか苦労、惰性だけで書いた文章には味わいがない。そこには書き手の人間性が組み込まれていることが必要だ。

著者はこういったつぼを心得ている。しかも随筆の神髄を求めて考え、調べ、行動しながら作品の一つ一つを練り上げている。

日常生活のありふれた所作、風景などからヒントを得て奥深い真実を見極めて書く、このことは真似のできることではない。著者の絶え間ない努力が編み出したともいえる随筆集が世に出た。

この随筆集は四十八編の作品で構成されている。どこから読み出しても味わいのある作品である。

『一本の包丁』は、ごくありふれた日常生活の出来事を、夫婦愛を風刺画的に描いた作品で滑稽で真剣に生きる様子が共感を呼ぶ。

三箇日も過ぎたころ、おせち料理に飽きてきた。なぜか鍋焼きうどんが食べたくなった。買い置きの材料で鍋焼きうどんを作る。

お屠蘇気分も抜けないまま台所に立った。女房は流し台で野菜を刻んでいる。その後ろを通り過ぎようとしたとき、どうした勢みか女房と絡み合って転倒してしまった。女房の手には包丁が握られていた。

後悔とその後の対応、いたわりなどを文章化し読者に感動を与える。日頃から随筆の神髄をきわめようと努力されているだけに、現場設定や表現は見事だ。

作品『文章の添削』から。一つの作品を書き上げてみたものの、よく自己流に陥っていることがある。誤字、脱字はもちろん、文脈のねじれ、難解な言葉など……。文章は第三者の目でしっかり見てもらうことが大切である。著者は、まず女房に見せ、知人に読んでもらうという。

随筆の妙味は、書く、読む、そして限られた命を精いっぱい生きるに尽きる。

（随筆家　菅野正人）

《『早朝のメール』を読む》

本書は十編ごとに作品をまとめ五十編からなる珠玉の作品の数々を収録。

作者はこの作品群について、『まえがき』で「私は日ごろ暇にまかせて随筆を書いているが、その題材をいずれにするか苦悩しています。そのため書籍を読み、友と語り、物見遊山で旅に出るなど、少なからず努力しています」と述べている。少々引用が長くなったが、実はこうした執筆の苦心の後が作品に著者ならのテーマで、読者に投影。

ちなみに、『舌の記憶』では何年か振りにうどん屋に立ち寄ったところ、店の主人は著者の顔を見るや久しぶりの珍客に驚きながら愛想笑いを浮かべてカウンターを案内した話から、十五年ぶりに立ち寄ったうどん屋が私の長い間探していた味を今なお守り続けていたことに感激した、という。

あるいは、『若冲の動植綵絵』編では著者の美術館でのさまざまな絵画や仏像に対する興味、関心はもとより造詣の深いこと、見識が高いことをひしひしと感じさせられた。

というのは、『梅花皓月図』は老梅に月の光が照りつけた構図で、咲き誇る数千の梅の花弁が描かれているが、どれ一つとして同じものはなく変化に富み、丁寧に根気よく描かれていたとか、釈迦三尊像の脇に控える普賢菩薩像と文殊菩薩像の顔付きがまったく同じに描かれていることである。

もちろん、身にまとった衣の配色や頭上の飾り、台座の装飾はそれぞれ違っているが、なぜ顔かたちが同じなのであろうか、いくら目をこらして眺めても、目付きや鼻筋、口や顎の髭まで同じように見えた云々……。

こうした、一連の芸術作品の鑑賞眼の確かさを持つ著者の筆力、的確な文章表現に脱帽。しかも、どこから読んでも、著者の人情味あふれる会心作で多彩な人世描写の作品集である。

随筆とはかくある「べき」の「べき」が各編にちりばめられた好作品を収録。

終わりに、著者の言う「少しでも心に響く作品がございましたでしょうか」は無用の心配、取り越し苦労と言うもので、さらなる健筆を奮われることを念じている次第である。

（随筆家　根岸　保）

初出一覧

随筆文化推進協会「随筆にっぽん」

カナダの大学生	平成三十年	十月	十七巻
拙著の評価	平成三十一年	四月	十八巻
「思う」と「思い出」	令和元年	十月	十九巻
美味しい空気	令和二年	四月	二十巻

文芸家の会「架け橋」

白内障の手術	平成三十年	七月	二十八号
『カンカラコモデケア』	平成三十年	十月	二十九号
禅僧の著書	平成三十一年	一月	三十　号
読書週間	平成三十一年	四月	三十一号
ＪＲ四国	令和元年	七月	三十二号

初出一覧

帯状疱疹　令和元年　十月　三十三号
随筆と私　令和二年　一月　三十四号
行列のできる店　令和二年　四月　三十五号
男の居場所　令和二年　七月　三十六号
日本詩歌句協会
読めない俳句　令和元年十月　創立十五周年記念誌

あとがき

拙著をお読みいただきありがとうございました。少しでも心に響く作品がございましたでしょうか。

物書きにとって、上梓した拙著を読者の皆様が最後のページまでお読みいただくことは誠にありがたく、嬉しい限りでございます。

私も時に、これはと思って読み始めた書籍が、こんなはずではないと途中で読むのを諦めることがあります。それには、いろいろの理由がありますが、内容的に物足りない、前著の二番煎じ、文体の統一性がない、また構成が読みづらいなどです。

これらの主な原因は著者の手抜きによるものと思われます。一冊の書籍を作成するには大変な労力が求められるのは当然で、著者は並々ならぬ心血を注ぎ、一字一句をおろそかにすることなく注意を払うべきです。そのため、専門書ならいざ知らず一般の書籍は、まず紙面的に読みやすいことです。また内容的に読者を納得させ共感を与えるものでなければなりません。

その点で、随筆は小説のフィクションと違って実体験の中から題材を選び、いかに多面的に実相を捉え、面白おかしく情緒や情感、普遍性を盛り込むことが出来るかどうかでございます。

拙著の上梓にあたり、創風社出版の皆様に編集や校正、装丁などご協力をいただきました。厚くお礼申し上げます。あわせて、お読みいただいた皆々様のご多幸を心からご祈念申し上げます。

二〇二〇年　初秋

黒瀬　長生

著者プロフィール
黒瀬 長生（くろせ ちょうせい）
1945 年 愛媛県に生まれる 中央大学法学部卒業
2004 年 第 50 回「日本随筆家協会賞」を『私の名前』で受賞
2011 年 第 7 回「日本詩歌句随筆大賞」を『随筆 次の楽しみ』で受賞
2014 年 第 1 回「架け橋賞」を『枕勝手』で受賞
2016 年 第 22 回「随筆春秋奨励賞」を『遺品の整理』で受賞

主な著書 『年金相談日記』（愛新舎）
『小さな親切』『恥のかき捨て』（日本随筆家協会）
『随筆 次の楽しみ』『随筆 もう一人の私』（文芸社）
『随筆 早朝のメール』（ルネッサンス・アイ）
電子書籍『心に住みし人』（22 世紀アート）

随筆文化推進協会「随筆にっぽん」理事
文芸家の会「架け橋」同人
日本詩歌句協会大賞選者（随筆評論部門）
愛媛県社会保険労務士会会員
愛媛県今治市桜井在住

随筆 ふるさと探訪

2020 年9月20日 発行 定価＊本体 1400 円＋税
著 者 黒瀬 長生
発行者 大早 友章
発行所 創風社出版
〒 791-8068 愛媛県松山市みどりヶ丘９－８
TEL.089-953-3153 FAX.089-953-3103
振替 01630-7-14660 http://www.soufusha.jp/
印刷 ㈱松栄印刷所 製本 ㈱永木製本

 ISBN 978-4-86037-296-5